KB122191

초원의 말발굽 소리

황길신 수필집

초원의 말발굽 소리

수필이라는 형식으로 글을 써보기는 처음이다. 공직 생활 중에는 주로 사무적인 글을 썼다. 논리적이며 건조하고 압축적인 글이 대부분이었다. 바쁘게 돌아가는 세상에서 빈발하는 사건, 사고에 신속하게 대처하기 위해서는 에둘러 쓰는 글은 환영받지 못한다. 이른바 육하원칙이란 게 있다. 군대에서 많이 쓰는 용어이지만 관공서에도 도입되어 사랑받고 있다. 누가, 무엇을, 언제, 어디서, 어떻게, 왜의 여섯 가지 요소가 포함된 내용을 논리적으로 간단명료하게 기술을 요구하는 것이 관공서의 사무적인 글이다. 이제 그런 글을 쓸 필요성은 별로 없다. 퇴임 후로는 신문의 칼럼이나 문화부 기자들의 글과 친해졌다. 이름난 논객들의 글을 읽는 것은 재미도 있고 세상 돌아가는 것을 알 수 있어서 좋다.

내가 이 책을 쓰게 된 이유는 지금까지 살아오면서 아이들이나 다른 가족들에게 말로 하지 못한 것을 글로 남겨주고 싶은 마음에서다. 세월의 계단을 오르내릴수록 목소리를 잃어가는 추억들에게 색을 입히고 의미를 찾아 주고 싶었다. 나만 아는 이야기였기에 그 목소리가 사라지기 전에 가슴 시린 사연에 귀를 빌려주고 싶었다. 말수가 적은 사람이라서 평소에 가족들과 대화가 부족했다. 자녀들이 이 글을 읽고 아버지에게 이런 면도 있었구나, 하면서 읽어 주었으면 좋겠다.

나는 남의 글을 읽을 때나 내 글을 쓸 때나 진솔함을 가장 중요시한다. 타인과 나 사이의 거리를 없애주고 머리와 가슴의 거리를 좁혀줄 수 있는 게 진솔함이라고 여긴다. 그 진솔함으로 글의 공간을 열어가며 그리움 짙은 지난 날을 되짚어보고 싶었다. 글을 쓰면서 허위와 과장된 표현을 쓰는 것은 피하려고 한다. 그런 의미에서 이 글에 과장된 표현이 있어 진솔함을 훼손했다면 용서를 바랄 뿐이다. 그런데 수필은 공문서가 아니기 때문에 문학성 있는 감성적 표현이 향신료로 포함되어야 한다고 한다. 이 부분에서 진솔함이 다소 상처를 입었는지도 모른다. 예술의 창작은 어느 정도의 허구적 표현이 필요악이라고 하는 말도 있다. 허구이면서도 멋진 표현, 아름다운 허구라고 할까. 이것이 문학예술의 매력이 아닐까도 싶다. 그 아름다운 허구를 통해서 상처를 터뜨리는 그리움을 만났고 수묵화처럼 눈 내리는 어린 시절로 돌아갈 수도 있었다.

시조 창작을 배우다가 산문에도 손을 대보고 싶어서 이 글쓰기를 시작했다. 노년을 가치 있고 보람있게 보내기에는 글쓰기를 하는 것도 좋을 것 같다. 그림 음악 등 다른 장르의 예술은 타고난 재주가 더 중요하겠지만 문학은 상대적으로 조금만 관심을 가지고 노력하면 웬만큼 재미를 붙일 수 있을 것 같다.

이 책이 나오기까지 음으로 양으로 도와주신 분들에게 감사의 뜻을 표한다. 놀고 있는 나를 시조 창작에 관심을 갖도록 유도해준 유머 시조의 달인 친구 정진상 의사 시인, 자유시, 시조, 수필까지 열정적으로 섭렵하여 경지를 넘은 김부배 시인, 모든 장르의 문학과 미술까지 통달한 한실 문예 창작 만능 지도교수 박덕은 문학박사님, 문우님들과의 만남이 없었더라면 이 책은 세상의 빛을 보지 못했을 것이다. 시작이 반이라고 하듯이 이제라도 시작했으니 앞으로 틈이 나는 대로 시조와 산문을 계속 써보고 싶다. 건강해서 의욕이 따라주기를 바랄 뿐이다.

2020년 10월 14일
저자 황길신

초원의 말발굽 소리

□ 목차 □

제1부 해외 생활의 여운

제2부 고향과 조국

제3부 자연과 더불어

□ 서평 □
■ 축시 ■

초원의 말발굽 소리

제1부
해외 생활의 여운

초원의 말발굽 소리

대나무

폭풍이 몰아쳐도 가뭄이 애태워도
꼿꼿한 기개 세워 한 치도 떨지 않고
오롯이 갈 길만 가는 늘 푸르른 군자여

잡초가 무성하니 더욱 더 돋보인다
좁은 터 여기저기 알맞게 심어 가꿔
삭막한 우리네 산야 번듯한 옷 입히세.

■ □ ■ □ ■ □ ■

우물 안 개구리, 철새가 되어

나의 출생지는 전북 부안군 동진면이다. 4살 때 등에 업혀 김제시 용지면으로 이사했기에 동진면에 대해서는 전혀 기억나는 게 없다. 아버지의 출생지가 용지면이다.

그런 연유로 내 출생지는 용지면이 되었다. 동진면에 대해서는 아버지가 거기서 살 때의 이야기를 하시는 것 몇 번 들었을 정도다. 그렇긴 하지만 부안은 나와 정서적으로 가까운 곳이기도 하다. 나와 우리 팔 남매 형제자매들이 좋아했던 이모가 부안에서 살면서 우리 집에 종종 오셨기 때문이다. 김제와 부안은 인접한 지역이기 때문에, 요즘 같은 교통 환경에서는 이웃 동네 마실가는 거리지만 그때는 꽤 멀었다.

이모라는 말은 누구에게나 친숙함을 주는 단어인 것 같다. 허공에 대고 "이모"라고 부르면 하루치의 따스함을 안고 방안으로 우르르 들어설 듯한 두 글자가 정겹기만 하다. 고모보다는 이모가 친하게 느껴지는 이유는 무엇일까. 나는 친고모는 없다. 아버지가 독자였기 때문이다. 당연히 이모가 좋을 수밖에 없겠지만 그 이유 말고도 이모가 더 좋은 이유가 있는 것 같다.

　어린아이들은 성장기에 주로 어머니와 함께 먹고, 입고, 자고 하는 일상생활을 하기 때문에 자연적으로 아버지보다는 어머니와 친하다. 그러니 이모와의 소통이 고모보다는 많을 수밖에 없기 때문 아닐까. 유원지에 가면 아이들의 고모 부르는 소리는 안 들리고 "이모" 소리만 들린다고 한다. 아이들의 마음속 그늘까지 지워주는 이모라는 두 글자엔 엄마를 대신해 주는 포근함이 들어 있어 입속에 착착 달라붙는다.

　용지면은 내 인생극 1막의 커튼이 올라간 곳이다. 초등학교를 다녔고 중고등학교를 주로 기차 통학하면서 다녔던 곳이다. 그때 국민학교라고 했는데 시골 학교로서는 큰 학교였다. 학생이 800명 정도에 선생님들도 많았고 운동장도 컸다. 우리 집 앞에 있었기에 학교 갈 때는 집에서 시작 종소리 듣고 뛰어가도 늦지 않았다. 30분 내지 1시간을 걸어서 등교하는 학생들을 생각하면 나는 정말 편하게 학교에 다녔다. 다른 생활에도 불편함이 없었다. 면사무소, 지서(파출소)가 동네에 있어서 민원서류 발급받기도 편리했다. 그러니 '우물 안 개구리' 격인 나는 우리 동네(구암리)가 최고라고 생각했다. 더 좋은 다른 곳은 가본 적이 없었으니까. 살기 좋은 동네의 조건으로 보통 경치 좋은 산이 있고 강이나 바다 같은 물이 있는 곳을 꼽는다. 이름하여 산수가 수려한 마을이다. 용지의 우리 집 뒤에는 작은 산이 있고 방죽이 2개나 있었다. 최소한의 산과 물의 조건은 갖췄지 않은가. 게다가 우리 집에서 남향으로 바라보면 모악산의 우람한 자태가 눈 안에 들어왔다. 그러니 '우물 안 개구리' 격의 눈에 자기 동네가 최고라고 보였던 것도 당연했을 것이다.

6년의 초등학교 과정은 행복의 꽃밭에 펼쳐진 환상의 코스였다. 6년간을 학업, 운동, 예능 등 모든 분야에서 항상 위에서 놀면서 선생님들과 학우들로부터 과분한 신뢰를 받고 다녔다. 선생님과 친구들의 신뢰는 나의 작은 심장을 팔딱거리게 했고 별빛을 빚어 내일을 꿈꾸게 했다. 그러다 보니 내가 다소나마 자만에 빠졌는지도 모르겠다. 1950년 6월 25일 느닷없이 반도를 강타한 전쟁의 태풍은 서울을 비롯한 전국 곳곳에 큰 상처를 남겼으나 내가 살던 남쪽 일부 지역은 비교적 얌전하게 지나갔다. 내 기억으로는 북한 인민군의 남침으로 전쟁이 터진 며칠 후 국군의 폭격기가 적의 보급로를 차단했다. 국군이 익산(구 이리)역 폭격하는 현장을 집 뒷산에 올라가 검은 연기가 올라오는 장면을 구경했다. 우리 집 가까이에 있던 지서를 폭격한다는 헛소문을 듣고 4km 남쪽에 있는 친척 집으로 잠시 피난했던 일도 있었다. 인민군 후퇴 후 남아 있는 빨치산 잔당이 밤에 지서를 습격하여 불태우고 달아났다. 다음 날 현장에 가서 떨어진 탄피를 줍기도 했다. 당시는 모두 악몽이었던 것들이 지금은 아련한 추억의 한 자락으로 남아 있다.

용지면이라는 우물에 살던 개구리 격인 나는 초등학교를 마치고 익산이라는 좀 더 큰 우물로 옮겨 중학교에 진학하게 되었다. 우리 동네에 사는 사람들은 주로 익산에 있는 학교를 선호했다. 김제에도 학교가 있었지만 익산까지가 교통이 더 편리하고 학교 수준도

낫기 때문이었다.

이리 동중학교에 들어갔다. 지금처럼 추첨 배정이 아니고 그때는 입학시험을 치러야 했다. 촌 개구리가 한번 폴짝 뛰어 봤는데 제법 높게 뛰었다. 480명 합격자 중 장학생 권내에 들어갔다. 그때는 특대생이라는 말을 썼다. 3년 내내 수업료 안 내고 다녔다. 중학교도 초등학교처럼 선생님들, 학우들로부터 과분한 신망의 대접을 받으면서 꽃길을 걸었다. 중학교 3년은 나의 사춘기와 맞물린 시기였다. 온몸에 봄바람이 들어간 것이다. 먼발치에서 바라만 봤던 여학생이라는 꽃에 가까이 가고 싶었다. 남학생으로서는 닿을 수 없는 곳에 피어 있는 꽃이 아름다웠다. 꽃의 안과 밖은 모두 두근거리는 중심이 되어 심장을 뛰게 했다. 제법 멋도 부리고 이쁜 여학생에 눈을 팔던 시기였다. 꽃을 사모하였기에 마음은 온통 꽃자리 가까이에 있고 싶었다.

가을이면 분홍색 코스모스 꽃을 따서 손가락 사이에 끼어 여학생의 하얀 교복 등에 도장을 찍는 장난도 했다. 지금 같으면 성추행에 걸렸을까. 그때는 성추행이라는 말 자체가 없었다. 서로 좋아한다고 하면서도 손도 함부로 못 잡는 시대였다. 데이트하다가 위험한 골목을 만났을 때 기사도 정신을 보여준다는 구실을 붙여 겨우 손을 잡을 정도였다. 여학생과의 데이트, 그 꽃자리에 함께 있다는 것만으로도 세상은 온통 내 것인 양 행복했다. 순진하고 수줍어했던 나만 그랬는지도 모른다.

중학 3년의 코스모스 꽃길은 그렇게 휘리릭 지나가고 고등학교 진학이 앞으로 다가왔다. 물론 시험이라는 문을 통과해야 했다. 자타가 공인하는 한국 최고의 명문 경기고등학교를 마음에 두고 있었다. 입학을 위해서는 두 가지가 필요했다. 첫째는 실력 둘째는 학비 그리고 생활비 문제였다. 실력은 별로 걱정은 안 되었다. 문제는 학비와 생활비였다. 나 혼자서 마음속으로 계산해 봤다. 우리 집은 농사지어 밥은 먹으니까 형이 직장생활(교직)에서 받는 봉급에서 지원해줄 수 있다면 가능할 것 같았다. 어느 날 아버지와 형 앞에서 용기를 내어 말을 꺼냈다. 아버지는 아무 말씀 안 하셨다. 형이 말했다.

"우리 집 돈 들어갈 데가 너뿐이 아닌데 서울로 고등학교 가는 것은 안 된다"

나도 알아차렸다. 형도 웬만하면 도와주고 싶었을 것이다. 형은 대학 진학을 포기하고 사범학교에 가서 일찌감치 교직에 투신했다. 장남으로서 책임감을 가지고 동생들을 도울 자세가 되어 있었다. 그러나 안되는 것은 어쩔 수 없었다.

나는 미련 없이 경기를 포기하고 직계인 이리고등학교를 가기로 마음을 잡았다. 고등학교 3년의 생활은 중학교 3년과 거의 비슷했다. 캠퍼스도 같고 환경이 바뀐 것이 없기 때문에 새로운 맛은 없었다. 그러나 두 가지 사건은 내가 결코 잊을 수가 없다. 서울의 명문 S대학을 가기 위해 제2 외국어로 독일어를 선택하여 혼자서 공부하느라고 애썼던 일, 대학입시 몇 달 앞두고 세균성 관절염으로 2개월 남짓 고생했던 일이다.

고3 때 4.19 학생 의거가 일어나 한국 정치사에 한 획을 긋는 사건이 일어났으나 지방 학교까지 큰 여파는 미치지 않았다. 여기서 내 인생 1막의 커튼이 내린 셈이다.

　대학은 S대 독문과를 지원해 합격했다. 애초에는 법학과를 맘에 두었으나 독일어 공부 때문에 애먹었던 일로 인해 방향을 틀었다. 필기시험 통과 후 면접시험 때 주임교수가 왜 독문과를 지원했냐고 물었다. 나는 독문학을 공부하고 싶다는 이야기는 안 했다. 우리나라는 정치, 경제 등 모든 면에서 독일로부터 배울 게 많은 것 같아서 지원했노라고 했다. 소신대로 답하고 나서 생각해보니 떨어질 것 같았으나 다행히 붙었다.

　4년 동안 전공 학점은 보통 수준으로 따고 정치, 경제, 헌법학, 사회학, 심리학 등 기본적인 사회과학 분야 과목 강의를 맛만 볼 정도로 들었다. 이것이 내가 외교관의 길을 걷게 해준 기초가 되었다. 서울에서 나의 대학 생활은 우물 속의 개구리가 밖으로 나와 우물에 대한 미련을 버리지 못하고 주변에서 맴도는 격이었다. 날고 튀는 재주꾼들이 많은 물에서 나름 가고 싶은 길을 한 발짝씩 헤치고 나갔다. 3, 4학년 2년 동안은 ROTC 군사훈련도 받았다. 병역의무를 장교로 마치고 싶어서였다. 군사정부 시대였던 대학 시절은 정치 사회적으로 크게 소용돌이친 시대였다. 운동권 학생들을 중심으로 대학가는 독재, 대일 굴욕외교 등에 대한 시위로 조용할 날이 없었다. 그 당시의 정치 사회적 여건으로 봐서는 이해할 수 있는 일이었다. 나대로 나름의 시국관을 가지고 있었지만 시위 대열에 참여하지는 않았다. 군사훈련도 하나의 이유가 되었다. 대학 졸업과 동시에 육군 소위로 임관하여 복무한 2년은 대학 생활의 연장선이나 마찬가지였다. 제복의 틀 안에서 꽃다운 젊음과 푸른 꿈으로 부풀어 있었다.

　나는 드디어 철새가 되어 날아갈 준비를 하고 있었다. 날개로 돋아날 꿈이 심장을 두드렸다. 쿵쿵 뛰는 그 심장에서 모든 길들이 만들어졌다. 나의 심장은 미래의 꿈들로 복숭아빛처럼 설레었으며 내 인생 2막의 휘장이 내려졌다.

　취업의 기회를 엿보며 필요한 책과 놀고 있는 중 잠시 영어 관련 잡지사에서 편집기자 경험도 했다. 1968년 9월에 외무부(외교부)에 들어가 1972년 베를린 연수를 시작으로 독일, 쿠웨이트, 뉴질랜드, 헝가리, 몽골, 아랍 에미리트 연합(UAE) 등 6개국을 거치면서 30여 년간 국내외를 유랑했다. 그 사이 아버지를 따라다니느라 낯선 교육환경에 시달리면서 소리 없이 적응해 준 세 아이들을 보면 안쓰러우면서도 대견하다.

　독일에서만 세 번 근무를 해 연수 포함 10년 가까이 살았다. 우물 안 개구리가 우물을 뛰쳐나와 주변을 맴돌며 나는 연습을 하다가 마침내 날개를 달고 대륙을 넘고 바다를 건너는 철새로 탈바꿈한 것이다. 철새로 날아가 살았던 나라의 이야기는 각기 별도의 공간에다 풀어 놓았다. 유럽으로 중동으로 아세아 태평양으로 날아다니다가 내 고향을 돌아가 보니 도리어 낯선 동네 같았다. 어렸을 때는 상당히 커 보였던 학교 운동장, 교사 등 학교 전체가 왜 그리도 작아 보였는지. 곰곰이 생각해보니 물체는 변함없는데 내 눈이 커진 것이다. 우물 안 개구리 격인 눈이 창공을 나는 철새의 눈으로 바뀐 것이다. 그렇다, 보는 자의 눈은 시간과 공간의 변화에 따라 달라지는 것이다. 시대의 변화를 읽으라는 말과 맥이 통하는 것이다. 나의 철새 생활은 나의 인생 3막과 더불어 UAE를 마지막으로 막을 내렸다.

하늘을 날았던 날개를 접고 두 다리에 힘을 주는 생활로 다시 돌아왔다. 한때 날개였던 꿈들을 되짚어보며 지난날을 정리해야겠다. 그로 인해 꿈이 현실이 되고 다시 현실이 다른 이의 꿈꾸는 내일로 거듭날 수 있도록 마무리를 하고 싶다. 이제 홀가분한 마음으로 본 고장에 정착하여 신의 연출자가 맡겨준 역할을 충실히 할 따름이다. 연극의 클라이막스는 지나갔다. 시작이 반이라면 끝은 전부다. 끝이 좋아야 전체가 좋은 것이다. 마무리를 멋지게 하고 싶다.

지하철 단상

책 한 권 펼쳐 들고 환하게 웃는 여심
커졌다 작아졌다 촉촉한 앵두 입술
글 읽는 예쁜 자태가 싱그럽게 빛난다

한 손에 핸폰 들고 모두가 보물 찾기
오대양 육대주를 톡톡톡 여행한다
나중엔 사람들 목이 굽은 허리 닮겠다.

■ □ ■ □ ■ □ ■

아웅산 테러 사건과 지루한 천국

　뉴질랜드를 일컬어 '지루한 천국'이라는 말이 있다. 공기 좋고 자연 경관이 아름답고 온화한 기후에 살기 좋은 나라지만 재미는 별로 없다는 의미다.

　이 나라에 나는 1980년 9월에 첫발을 디뎠다. 외교관이라는 이름으로 새로운 곳에 첫발을 딛는 일은 늘 호기심으로 설렜다. 미지의 땅에서 봄 길 같은 나의 길을 만드는 일은 아무나 할 수 없는 모험인 것이다. 주 뉴질랜드 한국 대사관 참사관 직함을 달고 갔다. 공무원이니까 정부에서 가라는 데로 가는 것이지만 인사발령 전에 대충 본인의 희망지를 타진한다. 희망지는 아무 지역이나 하는 것이 아니고 그때 빌 자리가 어딘지 자기 역량에 맞는지 등을 고려해서 한다. 인사 비밀이라서 정확한 것은 모르지만 어디에서 누가 귀국할 차례인 것은 안다. 나는 이전 근무지가 독일과 중동의 쿠웨이트였기 때문에 이번에는 영어권으로 가고 싶었다. 당연히 미국이겠지만 미국은 워낙 경쟁이 치열한 곳이라서 웰링턴도 나쁘지는 않다고 생각했다. 욕심의 반은 채운 셈이다.

처음 내린 웰링턴 국제공항은 작고 오래된 건물이었지만 별 불편은 없었다. 날씨도 좋았다. 계절은 한국과 정반대이기 때문에 봄이 시작되는 때였다. 나는 어제의 가을에서 내일의 봄으로 온 듯했다. 내 몸에서 봄과 가을이 함께 살기 시작한 것처럼 설렜다. 부임하기 전 먼저 근무했던 동료들에게 현지의 생활 여건을 물으니 두 종류의 답변을 들을 수 있었다. 하나는 '좋다'와 다른 하나는 '별로다'였다. 같은 질문에 대하여 좋고 나쁜 감정으로 갈리는 것은 개인이 처한 상황에 따라 달랐다. 근무하는 동안 대사관의 분위기가 좋아 잘 지냈으면 좋은 감정으로, 그렇지 못했다면 좋지 않은 기억으로 남는다. 대사관의 분위기가 좋고 나쁨은 공관장의 리더십에 좌우된다고 할 수 있다. 한 사람의 영향력이 겨울처럼 춥고 어두운 길을 만들기도 하고 봄날의 꽃처럼 환한 길을 만들기도 한다.

뉴질랜드 공관은 업무의 비중으로 볼 때 업무량의 저울추가 크게 한쪽으로 기울 만큼 힘든 곳은 아니다. 지리적으로 다른 육지에서 많이 떨어져 있는 섬이고 국제정치적 영향력이 크지는 않기 때문이다. 그래서 대사관의 규모도 작은 편이다. 양국 간에 복잡하게 얽혀 있는 큰 외교 문제도 없었다. 나는 재임 중에 우리나라 국민의 뉴질랜드 이민을 추진해보려고 했다. 우리나라 국민이 해외로 진출을 많이 하면 국익에 도움이 된다고 생각했다. 주재국 요인들과 만남을 기회 삼아 말을 건네 보았다. 국토 면적 대비 인구가 너무 적음을 들어 해외로부터 이민을 받는 것이 경제에 도움이 되지 않겠느냐고 넌지시 떠보았다. 의외의 답변이 재미있었다. "우리는 양이 7천 5백만 마리입니다." 국토면적은 한반도보다 큰 27만 평방킬로에 인구 350만이 채 안 됐다. 그 당시 한국 교민은 어린애까지 합해서 350여 명에 불과했다. 자기네가 필요한 기술자 등 극히 예외적인 경우를 제외하고는 이민을 받지 않았다. 그러나 그로부터 10여 년 후 경제적 필요성에 따라 투자 이민을 받기 시작하여, 30여 년이 지난 2019년 현재 480만으로 늘어났다. 한국인도 6만여 명 선을 넘어섰다.

뉴질랜드는 주산업이 농축산업이다. 양, 소, 사슴 등 가축 생산물과 키위, 사과 등 과일을 수출한다. 사슴을 많이 사육해서 녹용이 많다. 그들은 처음에는 사슴뿔의 상품 가치를 몰라서 그냥 버렸는데 한국 사람이 그걸 헐값에 사다 상품화해서 100배 이상의 이익을 남기기도 했다고 한다. 그걸 안 뒤로는 값이 급등해서 지금은 정상가격에 거래되고 있다.

공관의 업무가 시각을 다투는 급한 일이 별로 없고 생활환경도 좋은 곳이라서 직원들은 비교적 마음의 여유를 갖고 즐기며 일할 수 있었다. 봄에는 잎마다 초록 무늬가 새겨지고 가을에는 상처 난 나뭇잎이 붉게 아물어져 가는 것을 느낄 수 있었다. 우리는 그렇게 자연에 순응하며 사는 법을 읽히기 시작했다. 그동안 바쁘단 핑계로 미루었던 책도 좀 읽었다. 공직 생활 10년이 넘는 동안 한 번도 법정 연가를 찾아 먹지 못했는데 처음으로 열흘간 휴가를 받았다. 일상을 이어왔던 긴장감과 냉철함, 그 사이 어디쯤에 처음으로 낭만을 들어앉혔다. 팽팽하게 당겨졌던 하루 속으로 환한 웃음이 스며들기 시작했다. 자동차로 해변을 따라 남섬 일대를 여행하며 마음의 여유를 즐길 수 있었다. 가족과 함께 따스한 햇살을 안고 상큼한 바다 공기를 마시며 경치 좋은 도로를 달리는 기분은 그 뭣과도 비교할 수 없는 행복 그 자체였다. 초등학생 귀염둥이 애들이 자동차 뒷좌석에 앉아서 부르는 경쾌한 노래는 여행의 맛을 더욱 돋구는 조미료였다.

고통은 길고 행복은 순간일까. 어느덧 2년 반 정도의 세월이 흘러 본국으로 들어갈 때가 될 무렵 정부로부터 큰 미션이 대사관에 떨어졌다. 10월에 대통령 아세아 순방 일정에 버마(미얀마) 다음으로 뉴질랜드가 포함된다는 것이었다. 외교관이 해외 근무 중 치르게 되는 가장 큰 행사가 국가원수 방문이다. 그것은 또한 그 행사를 치르는 외교관들의 영광이기도 하다. 몇 명 안 되는 직원으로 방문 준비를 철저히 하기는 쉽지 않다. 가장 꼼꼼히 챙겨야 하는 일이 경호와 의전 문제다. 미리부터 준비하다가 행사가 임박해 오면 전문 지원 요원이 파견된다. 주로 행사를 치러본 경험이 있는 직원들이다. 나는 해외공관 근무가 세 번째인데 정상 방문 행사는 처음이었다. 행사를 위해서 1983년 9월 말로 정해진 귀국 일자가 한 달간 연기되어 10월 말로 조정되었다.

마침내 D-day가 며칠 남지 않았다. 공관의 일손이 바빠지고 긴장감 마저 돌기 시작했다. 대통령 전용기가 웰링턴 국제공항에 도착할 날자 이틀 전 1983. 10. 9 밤 10시경 대사로부터 전 직원 비상소집이라는 뜻밖의 지시가 떨어졌다. 불길한 예감이 스쳤다. 그날의 할 일을 다 마치고 귀가했는데 갑자기 웬 비상소집? 도무지 추리가 안 되었다. 날카로운 칼날처럼 푸르고 시린 어둠을 헤치며 대사관으로 향했다. 이윽고 전 직원이 모인 자리에서 대사는 침통한 얼굴로 말문을 열었다. '아웅산 테러'에 대한 본부의 타전 소식을 감정을 억누르며 차근차근 이야기했다. 대통령이 버마의 아웅산 국립묘지 참배차 방문했을 때 북한이 테러를 저질렀다는 내용이었다. 테러조직이 대통령을 시해코자 매설한 폭탄에 수행 각료들이 희생되었다는 것이다. 간발의 차이로 대통령은 화를 면했다고 했다. 맑은 하늘에 날벼락이었다. 한동안 모두가 말을 잊고 망연자실했다. 여기저기서 한숨 소리가 들렸다. 조금 후에는 대통령 순방 일정 중단에 관한 본부 훈령이 내려왔다. 이 엄청난 사건이 몰고 올 파장이 걱정되었다. 전쟁이 터질까 하는 불안감도 있었다. 칼날을 신고 건너야 하는 시간이 위태롭게 다가오고 있는 것 같았다. 북한은 그전까지 청와대 습격 사건(1968. 1. 21), 미국 정보함 프에블로호 납치사건(1968. 1. 23), 판문점 도끼만행 사건(1976. 8. 18) 등 크고 작은 도발 사건을 많이 저질렀다. 한국과 미국은 사건이 확대되는 것을 방지하기 위하여 번번이 유화적인 조치로 대응해 왔다. 이를 악용해서 이번에 또 큰 도발을 했는지도 모른다. 공산주의자들은 목적달성을 위해서는 수단과 방법을 가리지 않는다. 이들과 휴전선을 사이에 두고 대치하는 우리로서는 자력 안보의 힘을 기르고 이를 배경으로 그들을 관리하는 전략을 배워야 한다. 무조건 참고 선의로 대하면 북한이 언젠가는 호의적인 태도로 변할 것이라고 믿는 것은 국제정치의 현실을 모르는 지나친 낙관주의자의 태도다. 공산주의자들과 오랜 협상 경험을 본 결과물로서의 역사의 증언이다. 아웅산 테러 사건 후 대사관은 대통령 방문 취소에 따라 생긴 문제를 수습해야 했다. 주재국 정부에 방문 취소의 불가피성을 설명하고 양해를 구했다. 행사 준비를 위해 자원봉사를 지원했던 친선협회 회원들에게도 수고에 대한 고마움을 표시했다. 아웅산 테러 사건이 있었지만 3년여 뉴질랜드 생활은 내 인생에서 행복했던 시기였다. 공직자로서 큰 업적을 남긴 것은 없지만 별 실수 없이 마쳤다. 개인적으로 건강도 좋아졌고 뭣보다 아내의 우울증 증세가 치유된 된 것이 큰 소득이었다. 지루한 천국이라고 말하지만 천국에 입성한 것은 분명했다. 바람과 햇살과 꽃잎을 오래 들여다볼 수 있는 하루, 그 하루를 선물 받아 아내는 즐거워했다. 아이들에게도 즐거운 추억으로 기록된 것 같다. 뉴질랜드에서 보낸 3년이라는 시간은 인생이라는 마라톤 코스의 반환점을 통과한 듯한 특별한 의미가 있는 구간이었다.

현충사

사직이 흔들릴 때 오롯이 그리운 님
열두 척 작은 배로 거대한 파도 꺾어
바다를 잠재운 거인 배달민족 수호신

반도를 덮은 구름 걷힐 날 언제일까
난세에 영웅 나니 그 님이 오고 있나
오천 년 유구한 역사 영원토록 이어갈

■□■□■□■

공산권에 첫발을 디디고서

누구도 쉽게 무너지리라 예상 못했던 베를린 장벽은 1980년대 말 동유럽을 강타한 태풍의 위력에 속수무책으로 주저앉고 말았다. 태풍의 발원지는 모스크바의 크렘린이었다. 소련의 권부에 고르바쵸프라는 새로운 사고의 인물이 등장하여 새 바람이 일기 시작했다. 그는 소련 경제의 몰락과 사회의 부패 원인을 사회주의 체제의 경직성에서 찾았고 이를 타파하기 위하여 과감한 개혁(페레스트로이카)과 개방(글라스노스트) 정책을 강력하게 밀고 나갔다.

그 바람이 동유럽 국가들의 구심력으로 작용하여, 헝가리 폴란드 등 과거 민주화 운동의 전력이 있던 국가에서 시민운동이 요원의 불길처럼 일어나 번져 나갔다. 태풍은 우리나라에도 영향을 미쳐 하늘에 드리워진 검은 구름이 조금씩 걷히기 시작했다. 88올림픽에 동유럽의 미수교국 헝가리가 참가하게 되었고 이를 계기로 우리나라와 헝가리는 공식관계를 맺게 되었다.

주 독일 대사관 참사관으로 일하던 나는 1988년 10월 말 주 헝가리 대한민국 대표부 창설 요원으로 차출되어 부다페스트행 비행기 오르게 되었다. 옆자리에 앉은 독일 사업가와 대화를 나누게 되었다. 내가 부다페스트에 가는 사연을 이야기했더니 그는 주저 없이 팁을 하나 주겠다고 하면서 섬뜩한 이야기를 꺼냈다. "기밀에 관련된 이야기를 할 때는 절대 실내에서 하지 마시오."

모두 도청된다는 뜻이었다. 여러 나라에서 근무해 봤지만 도청 이야기는 그때 처음 들었다. 그가 준 정보는 내가 2년 남짓 현지에서 일하는 동안 좋은 보조자료가 되었다.

부다페스트에 대한 첫인상은 어두운 편이었다. 시가지 건물들이 오랫동안 때묻어 우중충하고 한결같이 낡은 옷을 입고 있었다. 자유 세계 국가에서 볼 수 있는 활력은 그 어디에도 없고 마치 잠자는 도시 같았다. 수도의 중심부를 관류하는 다뉴브강은 아름다운 돈벌이 자원인데도 그들은 그걸 제대로 활용하지 못하고 있었다.

정부 관료들은 친절했고 시민들은 순박했다. 자본주의 사회의 경쟁 체제가 아니라서 남보다 앞서려고 아등바등할 필요가 없기 때문일까. 임금체계는 직종별로 차이가 크지 않아 학력에 따른 차별은 없는 듯했다. 대학교수나 말단직 회사원이나 거의 비슷한 수준이었다. 경제가 하향 평준화되었다. 그러다 보니 대학교수가 일 끝난 후에 택시 운전을 해서 생계비를 보태는 경우도 허다했다.

우방 국가에서 일할 때는 외무성에 한국어를 하는 직원을 보기 어려웠는데, 오랫동안 우리와 공식 관계가 없었던 나라에 와서 한국어를 구사하는 직원을 만나니 의외였다. 그는 외무성 아세아 국의 부국장이었다. 우리말을 하니 우선 친근감이 생겼고 일하기가 편했다. 알고 보니 평양 김일성 대학으로 유학 다녀온 사람이었다. 이런 것이 사회주의 국가의 특성 중의 하나가 아닐까. 그들은 외교관을 지역별로 특화한다(specialist). 특정국에 유학을 보내 그 나라 전문가를 양성하는 것이다.

그에 비한다면 우리나라는 보편화한다고 할 수 있을 것이다. 누구나 어느 나라에 가든 일할 수 있도록 만드는 것이다(generalist). 물론 우리나라도 아랍어 등 특수 외국어 전문 인력을 양성하는 제도가 있기는 하다. 한국과 헝가리는 1989년 2월 1일 자로 대표부급 관계에서 공식 외교 관계로 격상되었다.

헝가리는 유럽 지역에서도 문화국가로 인식되고 있었다. 특히 쇼팽은 폴란드 출신이지만 헝가리도 리스트(Ferenc Liszt)와 코다이(Zoltan Kodai)같은 대 음악가들을 배출했다. 재임 중에 발칸의 남부 크로아티아의 '두브로브닉'을 여행한 적이 있는데 부다페스트에서 왔다고 하니 거기는 문화가 있는 곳이라는 주민들의 반응이 있었다.

사회주의는 왜 몰락했을까? 이 의문은 내가 부다페스트에 근무하는 동안 풀고 싶은 숙제였다. 임지를 떠날 무렵에야 겨우 답을 얻었다. '인간의 본능적 자유를 억압하는 정치체제는 오래갈 수 없다'.

사람은 남보다 잘 살고 싶어 하는 선천적 욕심을 가지고 있다. 사회주의는 이를 허용하지 않는다. 경쟁을 제한하기 때문에 경제가 성장하지 않는다. 그래서 자본주의에 패배하게 되는 것이다. 공산당 당료들은 부패하고, 서민은 가난하다. 서유럽 중산층의 생활수준을 보면서 불만이 점점 쌓여 간다. 이런 상황 속에서 시민들의 반정부 모의가 조직화 되고 민주화 운동이 싹트게 된다. 때마침 공산주의 종주국 소련에서 불어온 자유의 바람이 이 운동에 불을 지피게 된 것이다.

아세아 대륙에는 아직도 사회주의 1인 독재 체제가 남아 있다. 인권 등 인류의 보편적 가치를 경시하는 그 체제가 과연 얼마나 오래 갈 수 있을까? 소련이 핵무기가 없어서 해체된 게 아니다. 말로는 민주주의를 외치면서 권력자의 사익을 추구하는 사회주의 독재 정치는 언젠가는 내부의 모순에 의해서 무너지게 될 것이다. 그것은 단지 시간의 문제일 뿐이다.

야생화

심지도 아니하고 손길도 안 줬는데
외진 땅 모퉁이서 싱그레 웃고 있다
아무리 내박쳐 둬도 앙증맞게 이뻐라

메마른 초원에 선 귀여운 들꽃 무리
시심들 불러들여 떠들썩 찍어 댄다
자연은 그냥 두는 게 가장 좋다 하는데

■□■□■□■

독일 통일

　제2차 세계대전 종전은 세계를 자유 진영과 공산 진영으로 양분하면서 일부 국가의 영토를 갈라놓는 결과를 낳았다. 한반도가 남북으로 나누어졌고 독일은 동서로 분할되었다. 살아남기 위해 영토는 토막났고 토막난 생이별은 수많은 가족의 아픔을 소름돋게 했다. 복받치는 설움에 몸부림쳐도 총부리 마주하며 핏발 세운 날들만 바라봐야 했다. 이 두 지역은 각 진영의 패권국인 미국과 소련의 이해관계가 첨예하게 대립 충돌하는 지점이었다. 분단의 족쇄는 독일이 더 단단하게 채워진 편이었다. 국제법상 전승 4대국에 의해서 점령당한 상태였기 때문이다. 그에 비하면 한반도의 분단은 단순했다. 점령당한 것이 아니고 한국과 미국 간 상호방위조약에 따라 미군이 한국에 주둔하는 형식이 되었기 때문이다.

　이런 연유로 독일의 통일보다는 한반도의 통일이 더 쉽고 빨리 올 것이라고 인식된 때가 있었다. 그러나 현실은 반대였다. 독일의 통일은 의외로 급격하게 이루어졌다. 당사국의 노력도 있었지만 국제 정세의 변화를 편승한 측면이 더 크다.

독일 통일의 열쇠는 소련이 쥐고 있었다. 소련은 동독, 폴란드, 헝가리 등 동유럽 국가들을 위성국으로 바르샤바 조약기구를 형성하고 있었고 미국, 서독, 프랑스, 영국, 베네룩스 등 서유럽 국가들은 북대서양조약기구를 구성하여 대립했다. 유럽이 동서 독일을 끼고 동서로 맞서는 구도가 되었다.

미국을 중심으로 한 서유럽 자유 진영은 자유민주주의 가치의 확산을 위하여 유럽 통합을 추구했으나 소련은 공산주의를 방어하기 위하여 분할된 유럽의 현상 타파를 반대하는 상황이었다. 독일의 통일이 쉽지 않다고 생각되었던 이유다.

이와 같은 국제 환경 속에서 1985년 소련에 신사고의 고르바쵸프 개혁 정권이 들어섰다. 그는 54세의 젊은 지도자로 브레즈네프 서기장 사망 후 연이어 2명의 후계자가 병사로 인해 조기 퇴진하게 되자 막강한 공산당의 서기장 자리를 꿰차는 행운을 잡았다. 전임자들이 사회주의 이념의 틀에 갇혀 미국과 대결의 길을 간 반면 그는 추락한 소련 경제의 현실을 직시하고 미국과는 대결보다는 화해의 길을 모색했다. 고르바쵸프가 정권을 인수할 당시 경제는 생산이 극도로 위축되었고 생필품이 절대적으로 부족한 상태였다. 상점마다 구매자들의 대기 행렬이 길게 늘어서는 현상이 벌어지게 되었다. 길 가다 가게 앞에 사람들이 줄 서 있는 것을 보면 무조건 거기에 가 줄 서 기다리면 무엇이든지 필요한 물건을 살 수 있었다는 일화도 있다. 생필품과 먹거리의 공포는 도시를 좀먹기 시작해 사람들의 가슴을 두려움과 절망으로 치닫게 했다. 거리마다 캄

캄한 슬픔이 찾아들었다.

근본적인 리모델링이 필요한 소련 경제에 개혁 마인드를 갖춘 현대 건축가의 등장은 하늘이 준 기회였을까. 어릴 때부터 기독교 사상으로 무장된 건축가는 개혁과 개방이라는 장비를 가지고 낡은 건물을 개축하기 시작했다. 그러나 거의 다 무너져가는 경제라는 큰 빌딩의 리모델링에는 막대한 재원이 필요했다. 국내 자본의 조달 능력이 고갈된 상태에서 기댈 곳은 여윳돈이 돌아가는 서방 국가뿐이었다. 그중에서도 부촌 서유럽에서 가장 재력이 탄탄한 서독은 정치 경제적 관점에서 가장 적절한 협력의 대상이었다.

독일 통일에 대한 전승 4대국(미, 영, 불, 소)의 태도는 각기 달랐다. 미국은 처음부터 지지였고 영국과 프랑스는 반대했다. 이들의 반대 이유는 독일이 통일되면 유럽 대륙은 유럽의 독일이 아니라 '독일의 유럽'으로 전락한다는 생각 때문이었다. 그것은 히틀러 시대의 연상에서 나온 발상이다. 소련은 경제적으로 절대 열세에 있는 공산권을 지키기 위하여 독일이 통합되는 것을 반대하였다. 소련이 반대했다는 표징이 서독의 정부 조직법에 나타나 있다.

서독 정부는 통일을 관장하는 부서 명칭을 통일부(Ministry of Unification)라 하지 않고 내독관계부(Ministry of Inter-German Relations)라고 했다. 그 이유는 소련이 '통일' 자가 들어가는 것에 알레르기 반응을 나타냈기 때문이라고 했다. 동독은 통일을 반대했다. 동독이 바라는 것은 독립 국가로서 국제법적 승인을 받는 것이었다. 이 점에서 남북한 관계와 차이가 있었다. 남과 북은 다 같이 통일을 원하지만 목적은 각기 다르다. 남한은 자유민주주의 평화통일을 원하고 북한은 공산주의 적화통일을 바란다.

고르바초프가 일으킨 개혁 개방의 강풍은 동유럽으로 불어와 헝가리, 폴란드를 할퀴었고 이어 동독까지 덮쳤다. 서독은 소련의 반대를 무릅쓰고 통일을 향해 착실히 갈 길을 가고 있었다. 라인강의 기적으로 알려진 고도성장을 이루어 국부를 축적했고 민주주의 발전도 모범생이었다. 비전을 가지고 통일 정책을 가장 적극적으로 추진한 지도자는 빌리 브란트였다. 그는 1969년에 총리직에 취임하여 이른바 동방정책으로 불리는 대공산권 화해 정책을 과감하게 밀고 나갔다. 불행히도 1974년에 비서의 간첩 사건으로 인해 사임할 때까지 재임 중 독폴란드, 독소 조약을 체결하여 동방 정책의 기본 틀을 완성했다는 평가를 받았다. 그의 후계자들도 소속 정당에 관계치 않고 동방 정책을 계승해 나갔다.

동방 정책의 강물이 도도히 흐른 지 20여 년 서독은 동유럽에 불어닥친 개혁 개방의 강풍을 타고 마침내 통일의 행운을 잡을 수 있는 여건이 조성되고 있었다. 동독은 그동안 서독으로부터 직접적인 경제협력을 받았을 뿐 아니라 간접적으로 유럽 공동체(EC) 시장에 연결되어 경제적 혜택을 누리고 있었다. 그들은 오랫동안 서신을 교환할 수 있었고 상호 TV 시청도 허용되었다. 그로 인하여 동서독은 오랜 분단에도 불구하고 비교적 민족의 동질성이 보존될 수 있었다. 토막토막 잘려 나간 슬픈 영토에 온기가 돌고 작은 울림이 번지기 시작했다. 사람들의 가슴에 햇살 간질이는 봄날이 오고 있었다.

서독 정부는 이 천재일우의 기회를 놓치지 않기 위해서 모든 외교력을 동원했다. 헬무트 콜 총리와 디트리히 겐셔 외무장관은 통일 외교를 위하여 동분서주 세계를 누볐다. 여기에 막강한 경제력이 뒷받침되어 좋은 성과를 거둘 수 있었다. 경제난에 허덕이는 소련에 대하여 통 큰 협력을 제공하고 통일을 반대하는 인접 우방들에 대하여는 통일이 유럽 경제에 큰 시너지 효과를 줄 수 있다는 논리를 폈다.

이와 같은 정세 속에서 동독에서 서독으로 탈출하는 주민들의 수가 늘어나고 탈출 행렬은 마침내 뚝 터진 봇물 되어 막을 길이 없었다. 대세로 되어버린 것이다. 통일을 적극 반대하던 영국의 마가렛 대처 총리도, 프랑스의 미테랑 대통령도 물결의 힘 앞에서는 어쩔 수가 없었다.

독일은 1990년 10월 3일 공식적으로 통일을 완성했다. 비용이 얼마나 들었는지는 기준에 따라 다르다. 통일 후 30여 년간 동독 지역 재건을 위해 투자한 비용까지 포함한다면 천문학적 숫자다. 단지 소련측에 제공한 경제협력 자금만 해도 100억 달러가 넘는다.

통일 독일은 서독의 군건한 자유민주주의와 탄탄한 경제력 그리고 고르바초프의 신사고 정책이 아니었다면 그림의 떡이 되었을지도 모른다.

코로나의 역설

모두가 비명인데 위기는 기회인가
강원도 콘도 업계 희색이 만면하다
해맑은 저 웃음소리 만방으로 퍼져라

향락에 마음 뺏겨 돈 갖고 흥청망청
선한 일 외면하니 하늘이 진노했나
내 것은 내 것이로되 사회 곳곳 나누자

■ □ ■ □ ■ □ ■

가슴이 쿵쿵거리는 베를린

제2차 세계대전 후 동서 냉전의 상징이었던 베를린은 나에게 꿈의 도시였다. 베를린은 2차 대전 종전까지는 독일제국의 수도였다. 독일이 전쟁에 패한 후 미·영·불·소 등 연합국에 의해 동서로 분단되고 4대국에 의한 관리하에 놓이게 되었다. 서독의 수도는 임시로 본(Bonn)으로 옮겨졌고 동독의 수도는 소련의 관할 지역인 동베를린이 되었다.

이로 인하여 베를린은 언제나 동서 양 진영 간에 긴장이 도사리고 있었다. 마치 화약고 같은 운명을 한동안 짊어지고 있었다. 한 치의 땅과 한 뼘의 하늘이라도 더 차지하기 위해 봄을 짓밟고 여름을 깨부수고 가을을 뭉개며 겨울을 모독한 아픔이 베를린에는 짙게 배어 있었다. 오랜 역사와 더불어 전쟁의 도시, 문화 예술의 도시로 이름이 나 있다. 베를린은 사랑으로 하나되는 예술만이 전쟁을 종식시킬 수 있다는 듯 문화 예술을 꽃피웠다. 이 도시는 20세기 들어 두 차례의 세계 대전으로 깊은 상흔을 입은 채 베를린

영화제, 베를린 필하모닉 오케스트라로도 유명하다. 2차 대전을 승리로 장식한 연합국이 전후에는 미국을 중심으로 한 자유 진영과 소련을 맹주로 한 공산 진영으로 양분되었다.

　다시 두 진영 간에 전쟁이 벌어져 3차 세계 대전이 발발할 불운을 잉태하고 있었다. 양 진영을 대표하는 미국과 소련이 첨예하게 대립했다. 1950년 소련을 업은 북한이 남한을 침략했다. 이렇게 발발한 한국전쟁이 휴전하게 되면서 이른바 동서 냉전 체제가 세계를 지배하게 되었다. 냉전의 절정기인 1962년에는 쿠바 사태가 일어나 자칫 3차 대전이 일어날 뻔했다. 소련이 미국의 뒷마당인 쿠바에 미사일을 배치하려고 싣고 가는 함정을 미국이 해상봉쇄한 사건이다. 소련의 약점을 간파한 미국의 케네디 대통령은 젊은 패기로 노령의 후루시쵸프 수상을 압박했다.

　결국 미사일을 적재한 소련의 함정은 선수를 돌릴 수 밖에 없었다. 이 긴박한 순간 베를린에서는 일촉즉발의 전쟁 위기가 감돌고 있었다. 사나운 이빨을 감춘 바람 소리가 팽팽히 당겨진 베를린의 시간 속으로 휘몰아치고 있었다. 바람은 몸 안에 숨긴 칼날을 빼어 들고 전쟁의 포문이 열리기만을 기다리고 있었다. 서베를린에서 동베를린으로 통하는 비상 도로를 감시하고 있는 미군 측 Charlie 검문소 앞에서 미군과 소련군의 탱크가 비상등을 켠 채로 1백 미터 거리를 두고 대치 상태에 있었다. 상황 전개에 따른 지휘관의 명령을 기다리는 것이었다. 내가 현장을 방문해서 안내자의 설명을 들었을 때는 모골이 송연해지기까지 했다. 칼을 빼든 바람 소리에 베이듯 한기가 느껴졌다.

다행히도 미국의 해상봉쇄에 소련이 한 발짝 물러섬으로써 전쟁은 일단 모면하게 되었다. 그러나 이 사건은 1961년 동독에 의해 세워진 베를린 장벽과 더불어 서베를린 시민들에게는 언제 소련과 동독의 공산군이 침략해 올지 모른다는 불안감을 더욱 증폭시켰다. 이 같은 상황 속에서 케네디 미국 대통령은 1963년 서베를린을 방문했다. 케네디는 시 의사당에서 연설을 했다. 취임 후 그가 한 연설 중에서 최고의 명연설이었다. 자유를 사랑하는 서베를린 시민들을 열광하게 했다.

연설의 백미는 이렇다. "나는 베를린 시민입니다." 이 구절은 그가 독일어로 연설했다. "Ich bin ein Berliner." 청중들은 더욱 열광했다. 그의 연설은 베를린을 사수하겠다는 약속어음이었다. 전쟁에 대한 불안으로 평화의 허기를 채우지 못한 시민들은 팝콘처럼 터져 나오는 함성을 질렀다. 그 함성이 나뭇가지에 닿아 초록을 덧입혀 서베를린은 희망으로 물결쳤다.

쿠바의 위기를 넘기면서 미·소 양측은 자칫 냉전이 군사적 충돌로 돌변하기 쉬운 위험성을 절감했다. 긴장 완화를 위한 길을 함께 모색하기 시작했다. 대량 파괴의 핵무기를 보유한 초강대국들끼리 전쟁을 해서 피차가 얻을 게 없다는 공감대가 형성되었다. 미·소 양국 간의 군축을 위한 협상의 실마리가 풀리게 되었다. 냉전의 시대가 데땅뜨의 시대로 전환하게 된 것이다. 반면에 공산 진영 내에서는 중·소 간에 잠수 중이던 수정주의 논쟁이 이때부터 수면으로 올라와 분쟁이 가열해지는 상황이 되었다.

베를린을 중심으로 벌어지는 양대 초강대국의 대결은 내 호기심에 불을 붙이기에 충분했다. 역사의 도시, 전쟁의 도시, 문화 예술의 도시 베를린을 가보고 싶은 충동이 마음 속에서 꿈틀거렸다. 그 꿈은 물 한 모금 없이도 자라났고 햇살 한 자락 기웃거리지 않아도 반짝거렸다. 어두워지는 땅거미 속에서도 빛나는 이정표처럼 또렷했다.

　꿈은 이루어지는 것일까. 1972년 마침내 베를린을 가볼 수 있는 기회가 나에게 찾아왔다. 독일 정부 초청으로 아세아 초급 외교관 연수 과정에 참가하게 된 것이다. 이 프로그램은 선진국 독일이 개발도상국에 공여하는 공적 개발원조(ODA)의 일환으로 제공되는 9개월의 외교관 훈련 과정이었다. 중국 등 비 공산권 아세아 개발도상국이 대상이었다. 경비는 독일 정부가 부담하고 장소는 서베를린 시가 제공했다. 독일은 임시 수도가 Bonn이었기 때문에 가능한 한 서베를린에 국제회의 등 행사의 기회를 주어 옛 수도의 기능을 보존하도록 지원하려고 했다. 그 당시 나는 결혼 전이어서 가족에 대한 부담도 없었다. 외교부의 바쁜 업무에서 잠시나마 해방된다는 기분에 홀가분한 마음으로 연수 과정에 임할 수 있었다. 교과 내용은 주로 초급 외교관으로서 부딪치게 되는 외교 업무와 관련된 것들이었다. 연수 여행으로 스위스의 국제기구 도시 제네바도 2주 코스로 다녀왔다.

　국제회의가 열리는 곳도 견학했다. 각국의 대표들이 각자 국익을 위하여 열변을 토하는 모습이 인상적이었다. 자국민의 눈물과 사랑을 몸으로 읽어내는 외교관들의 눈빛이 아름다웠다. 맥박이 쿵쿵 소리 지르는 그 절실함이 느껴졌다. 하늘에 대고 물대포를 쏘는 듯

한 레만 호수의 분수, 어느 날 저녁 몽트뢰에서의 댄씽 파티 등 모두가 아련한 추억의 그림자를 아직도 드리우고 있다. 훗날 주 독일 대사관에 근무할 때 휴가 중에 캠핑 여행 다니면서 제네바에 두 차례 들린 적이 있다. 유럽에서 자동차 여행을 하다 보면 제네바가 서유럽의 관광 중심에 있음을 느낄 수가 있다.

베를린 연수는 특별히 보고서 같은 것 신경쓰지 않아도 되는 부담 없는 여행이었다. 젊은 시절 해외 공관 근무로 나가기 전에 가볍게 워밍업할 수 있는 좋은 기회였다. 그 시절이 그립다.

나물 캐는 여심

찬바람 등에 지고 쑥 캐는 아낙네들
한 맺힌 응어리를 손칼로 도려낸 뒤
향긋한 봄 내음으로 지친 마음 감싼다

겨우내 움츠린 몸 기지개 활짝 켜고
살포시 풍겨나는 쑥 내음 싱그럽다
배낭에 가득 채우니 가족 식탁 풍성해

■ □ ■ □ ■ □ ■

함부르크의 손끝은 꽃처럼 아름다웠다

항구도시라고 하면 보통 시가지가 지저분하고 범죄 사건도 많고 좋지 않은 선입관을 갖게 된다. 국내에서도 그렇고 해외에 살 때도 그랬다. 외국에서 꽤 오래 살았는데 독일에 살면서도 그런 생각은 여전했다. 그런데 함부르크에서 살아 보고 생각이 바뀌었다. 고정 관념처럼 견고했던 것들이 깨지면서 틈이 생긴 그 사이로 생기발랄한 생각이 스며들고 있었다. 잃어버린 낙원을 찾은 듯 따스한 느낌이 자리를 잡아갔다.

나는 1993년에 주함부르크 총영사로 첫 해외 공관장 생활을 시작했다. 그전까지는 직원의 일원으로서 공직 생활을 했으나 이때부터는 한 조직의 책임자로서 어깨에 짊어진 짐의 무게가 더 무거워졌다. 새벽길을 매만지는 아버지처럼 책임감 하나로 묵묵히 그 일을 수행해 나갔다. 가다가 길이 보이지 않으면 머리도 심장도 아닌 나의 온몸으로 길을 만들어 난관을 뚫고 나가야 했다. 독일에서 두 번째로 큰 도시인 함부르크는 유럽의 가장 큰 항구도시 중의 하나다. 대도시의 기능과 녹지가 많은 전원도시의 미관을 함께 갖춘 살기 좋은 도시다.

독일에서 살아 본 기업의 임직원들에게 가장 살고 싶은 도시가 어디냐고 설문 조사하면 BMW의 고장인 남부 독일 바이에른주의 주도 뮌헨, 함부르크 그리고 베를린을 꼽는다. 함부르크는 뤼벡과 더불어 중세에 상업과 정치적 목적으로 결성한 한자동맹의 주축 도시였다.

그때부터 상업을 통하여 부를 축적했고 현대에 이르러서도 교역에 유리한 입지적 조건에 힘입어 유럽의 부국 독일의 도시 중에서도 평균 소득수준이 가장 높다. 다른 도시와의 소득 격차가 크다. 함부르크의 정식 명칭은 자유 한자도시 함부르크이고 시 자체가 독일연방 공화국의 한 주다. 조선업과 정유산업, 제조업이 발달했다. 우리나라가 1960년대에 시작한 경제개발 시대 수출드라이브 정책을 펼 때 대유럽 수출진흥 센터를 두었던 곳이다. 외국 영사단(명예영사 포함)의 규모가 세계에서 뉴욕 다음으로 컸다. 전통과 현대 감각이 조화를 이룬 도시다. 그래서 일까, 시와 시민들의 자부심도 대단하다.

예를 든다면 시장은 외국의 국가원수가 시청을 방문할 때 1층 현관 앞에서 영접하지 않고 3층 시장 집무실 앞에서 한다. 이런 의전 관례는 오랜 전통으로 내려왔기 때문에 상대국에서도 당연하게 받아들인다. 시장이 주관하는 행사 중에 중세 때부터 6백 년 이상 이어져 온 호화 만찬이 있는데 전시에 두 차례를 제외하고는 빠짐없이 개최되었다고 한다. 이 만찬에는 함부르크시의 각계 유력 인사들과 외국 영사단 대표들이 부부동반으로 초대된다. 나도 대한민국 총영사로 두 차례 참석한 바 있다.

만찬장에 들어선 순간 600여 년의 시간을 거슬러 어느 성에 들어선 듯 설레였다. 사라진 중세의 건물이 재현된 듯 웅장하고 아름다운 곳으로 안내를 받아 들어갔다. 때로는 복장이 타임머신이 되기도 해 나는 어느 성의 성주처럼 숨쉬는 것까지도 근엄해졌다. 4백여 명의 손님들이 지정 좌석에 앉아서 식사하는 만찬 행사는 흔하지 않다. 복장도 평복이 아니고 턱시도(예복)를 입는다. 외교관 생활을 하면서 턱시도를 준비한 것은 함부르크에 근무할 때였다. 다른 나라에서 대사직을 수행할 때도 입은 적이 없다. 요즘은 축제, 파티 등 행사 때 일부 소수 국가를 제외하고 어두운 빛 계통의 평복을 입는 것이 보편화되었다. 함부르크가 만찬 행사 때 턱시도를 입는 것은 그만큼 전통을 중시함을 뜻한다. 전통을 이어온 시민들의 손끝이 아름답다.

총영사관이 업무 면에서 대사관과 다른 점은 좁은 의미에서 외교업무가 없다는 것이다. 그 외 경제통상 업무와 재외국민 보호 업무는 차이가 없다. 대사는 임명 전에 접수국 정부의 동의를 받아 임명하고 국가원수의 신임장을 접수국 국가원수에게 제정함으로써 공식 업무를 시작할 수 있다. 총영사는 접수국 정부의 동의와는 직접 관계가 없다.

예전에 경제통상 업무 관련해 수출 100억 불 목표 달성 운동을 할 때는 해외 공관별로 수출 목표를 할당하고 공관 직원들도 직접 뛰기도 했다. 그 후 1990년대 이후에는 수출 규모가 커져 자생적으로 불어났기 때문에 요소요소에 막힌 매듭을 풀어주는 데 역점을 두었다. 재외국민 보호 업무는 민감한 문제다. 자칫 사소한 일로 불친절하다는 낙인을 찍히기 쉽다. 업무 처리하는 직원의 입장에서 보면 많은 사람을 상대하나 민원인의 처지에서 보면 한 사람인 것이다.

따라서 제공하는 서비스와 욕구 충족 간에 괴리가 생길 수 있다. 여기서 발생하는 불평, 불만이 확대 재생산되어 공관 직원들이 불친절하다는 소문이 퍼지게 된다. 귀에서 귀로 이어진 소문들로 인해 교민 사회 내에 파벌도 있다. 파벌 간 분쟁 사건에 잘못 개입하는 경우 공관이 말려들어 일이 커지는 수가 종종 있다. 함부르크 교민 사회는 2천여 명의 한인이 있었는데 문제가 없지는 않았지만 대체로 공관에서 자체적으로 감당할 수 있는 정도였다. 복수의 사람이 모이는 곳에는 정도의 차이는 있어도 어떤 문제든 있기 마련이다. 구성원 각자의 개성이 다르고 인격이 다르기 때문이다.

지금까지의 경험에 비추어 보면 어떤 조직이든지 재정 집행이 정직하고 투명하면서 인사 문제가 공정하게 처리되면 분란 없이 화목한 분위기가 될 수 있다. 입안 가득한 웃음소리가 골목으로 포구로 뻗어나가 마음까지 환해질 수 있다. 뒤이어 메아리처럼 돌아오는 격려와 지지의 힘으로 교민 사회는 더 밝아진다. 지도자가 아무리 사욕 없이 돈 문제에 정직하다 할지라도 투명하지 않고 혼자서 처리하면 반드시 말썽이 나게 된다.

인사 문제는 넓은 의미에서 인간관계라고 볼 수 있다. 소수의 사람을 편애하고 다른 구성원에게 무관심하면 조직에 균열이 생기고 결국에는 분란으로 발전하게 된다. 공정성이 중요하다. 현실에서 많은 사회단체, 종교 단체 등 조직 사회에서 흔히 보는 일이다.

나에게 주 함부르크 총영사직은 다음에 이어지는 대사직의 성공적인 수행을 위한 예행 연습과 같았다. 대사직의 책임과 업무 범위가 총영사직보다 더 크고 넓다. 가능한 한 관할 지역 고위 인사들과 친분을 쌓기 위해 노력했다.

독일 정치에서 주지사 자리는 선거를 통하여 연방 총리로 가는 디딤돌이 되는 경우가 많다. 실제로 사민당 출신 헬무트 슈미트 전 연방 총리는 함부르크 출신이었다. 독일 통일 과정을 관리하고 마무리했던 기민당의 헬무트 콜 전 총리, 과다한 복지지출로 독일 경제가 침체에 빠졌을 때 '2010 플랜'이라는 경제 재건 구호를 들고 독일 경제를 회복의 길로 돌려놓았던 사민당의 게르하르트 쉬뢰더 전 총리도 주지사 출신이었다.

쉬뢰더 전 총리의 정책 핵심은 복지 지출을 줄이고 과학 기술 개발 투자를 늘리는 것이었다. 복지 예산 삭감으로 그의 인기는 떨어졌으나 기민당의 현 메르켈 총리시대 경제 부흥의 밑거름이 되었다. 개인이나 소속 정당의 사익을 추구하지 않고 국가와 국민의 공익을 위하여 통 큰 정치를 하는 독일 정치인들의 면모를 볼 수 있다. 우리가 배워야 할 일이다. 쉬뢰더 주지사와는 하노버 기아자동차 조립 공장 착공식에서 만나 대화를 나눈 적이 있다. 그가 한국 음식을 좋아한다고 해서 관저에 초대하기로 약속하였으나 아쉽게도 그의 바쁜 정치 일정 때문에 무산되고 말았다.

함부르크 생활은 나에게 독일과 독일인들을 더 알게 해주는 기회가 되었다. 베를린 연수를 시작으로 임시 수도 Bonn에 있는 대사관에서 두 번, 함부르크를 끝으로 10년 가까이 살았다. 그러면서도 독일을 잘 안다고 할 수는 없다. 해외 생활 중 독일이라는 한 나라에서 가장 오래 살았다.

어찌 보면 독일은 제2의 고향처럼 소중한 것들을 깨닫게 해줬다. 옛길과 옛것이 꽃피운 전통의 아름다움을 느끼게 해줬고 더께처럼 내려앉은 선입견을 밀어내 주었다. 자기에게 불리한 일이 있더라도 꼼수를 쓰지 않는 독일인들의 정직성 또한 배웠다. 일본사람들과는 다르다. 6백만 유대인을 학살하고 전쟁을 일으켜 많은 인명과 재산 피해를 준 히틀러의 만행에 대하여 지금도 속죄의 마음을 표출하는 사람들이 많다. 그들에 비하면 36년 동안이나 우리 민족을 핍박한 일본이 온갖 궤변을 늘어놓으면서 듣기에 시원한 사과를 하지 않는 것을 보면 그들의 양심은 어떤 것인지 궁금하다.

그러나 나는 오늘의 일본인들을 싫어하지는 않는다. 식민지 생활을 하게 된 것은 우리가 약했기 때문이다. 와신상담 힘을 길러서 극일을 해야지 언제까지 그들을 탓하고 혐오할 것인가. 더욱이 일본은 자유 민주주의와 시장경제, 인류의 보편적 가치를 공유하고 있는 이웃이다. 과거의 감정에 사로잡혀 있지 말고 미래의 공동 번영을 위해서 협력의 길을 함께 가야 하지 않을까.

독일 생활은 내 인생에 정직과 절약 등 여러 면에서 긍정적인 영향을 주었다. 함부르크의 손끝은 꽃처럼 아름다웠다.

꽃샘추위

가려면 고이 가지 왜 그리 심술부려
향기가 만발하니 발길이 안 떼지나
내년에 다시 보세나 어서 갔다 또 오게

겨우내 잠자다가 이제 겨우 눈떴는데
무슨 정 그리 있어 치맛자락 붙잡는가
여심을 안으려거든 사근사근 굴게나

■ □ ■ □ ■ □ ■

쿠웨이트와의 운명적인 인연

　살다 보면 인연이 묘하게 얽히는 수가 있다. 내게는 쿠웨이트와
의 인연이 그런 경우의 하나다. 1973년 9월에 해외로 첫 근무 발
령을 받았는데 당시 재외 공관에 내가 갈 수 있는 빈자리 중에서
생활 여건이 가장 안 좋은 자리가 쿠웨이트였다. 내심 그 자리만
걸리지 않기를 바랐는데 다행히 독일로 가게 되었다. 문제는 그 다
음이었다. 독일에서 3년의 근무를 마치고 서울로 귀국할 것으로
예상했는데 2년 반이 되었을 때 별안간 쿠웨이트로 전보 발령이
떨어졌다. 프랑스의 경우 서부 아프리카 불어권 국가와 이른바 냉
탕 온탕의 교대 근무가 관례화되어 있지만 독일은 그런 전례가 없
었다.
　어떻든 정부 명령이니 가야 했다. 쿠웨이트에 대한 편견 때문에
머뭇거렸는데 막상 가보니 생각했던 만큼 나쁘진 않았다. 편견을
떼어내는 쿠웨이트의 햇살은 강렬했다. 직접 경험해 보지 않고 받
아들인 편견은 찬바람 같아서 햇살이 내리쬐면 순식간에 사라진다.

편견을 뛰어넘는 일은 결코 쉽지 않다. 그러나 불가능한 것은 아니다. 몸으로 직접 느끼고 만나보면 편견을 뛰어넘을 수 있다. 외교관이라는 직함으로 나는 또 한 번의 편견을 뛰어넘었다. 쿠웨이트의 여름철은 40도 이상 올라갈 때가 많지만 습도가 높지 않아 그런대로 지낼 만했다. 더운 지역이라 기본적인 냉방 시설이 잘 돼 있어서 서울의 한여름보다는 지내기가 수월했다. 하지만 한낮에 실외에서 활동할 수는 없었다.

내가 주 쿠웨이트 통상 대표부에 2등 서기관의 직함을 달고 부임한 때는 1976년 3월 초였다. 당시는 우리나라와 쿠웨이트는 외교 관계가 없어서 대사관이 아니고 통상 대표부였다. 공항에 내리니 썬글라스 안 끼고는 눈뜨기가 어려울 정도로 햇볕이 강렬했다. 그렇게 강한 햇살을 받아 보기는 처음이었다. 눈부시게 환영해주는 햇살의 박수 소리는 편파적일 만큼 뜨겁고 요란했다. 햇살의 환영 인파를 뚫고 집에 도착했다. 집은 냉방 시설이 갖춰져 있으니까 다음으로 자동차를 시원한 바람통이 있는 것으로 사는 것이 이 지역에서 버티는 데 필요하다고 생각했다.

나는 어려운 일과 마주칠 때는 언제나 군대 생활도 했는데 이 정도야 못 하겠나 하면서 살아왔다. 그렇게 하면 일을 감당할 힘이 솟는 듯했다. 그 당시 쿠웨이트는 중동의 파리라고 불릴 정도로 지역의 유행을 선도했다. 세계의 패션계 유명 브랜드 상품들이 있는 쇼핑센터로 알려져 있었다. 오일달러가 풍부하게 유입되어서 패션도 유럽을 따라가고 있었다. 석유의 소비자 가격은 서울의 1/10이 안될 정도로 쌌다. 휘발유 값이 서울의 물값이고 물값이 휘발유 값이라고 하면 쉽게 이해할 수 있다.

지금은 석유 가격을 정부에서 시장가격과 균형 있게 조정하여 소비자 가격이 인상되었으나 비산유국과 비교해 보면 아직도 저렴한 것은 사실이다. 한번은 이런 일이 있었다. 주말에 해변 도로를 따라 드라이브하기 위해 나갔다. 연료를 만탱크 채우고서 계산하려고 지갑을 찾았는데 어디에도 없었다. 직원에게 지갑을 깜빡하고 집에 놓고 왔다고 했다. 그는 일면식도 없는 나에게 주저하지 않고 다음에 갖다 달라고 했다. 그의 말 한마디가 세상의 모든 행복을 낳고 있는 듯 따뜻했다. 마음이 따뜻한 사람의 머리는 가슴에 있다고 했다. 산다는 것은 어쩌면 누군가에게 따뜻한 가슴으로 다가가는 것이라고 말하고 있는 듯 그는 웃었다. 중동의 사람들은 어둠이 내린 사막에서 별자리를 보고 길을 찾는다고 한다. 그는 어둠이 내릴 때마다 캄캄한 인생길에서 나의 별자리가 되었다.

막강한 오일달러의 힘으로 중동 산유국들의 개발 붐이 시작된 것은 1970년대 초부터였다. 쿠웨이트도 국토면적(178만 2천ha)은 작지만 주요 산유국으로서 각종 건설 사업이 활발하게 시동이 걸리고 있었다. 우리나라의 건설 조선 정유 등 관련 산업이 수혜를 입게 되는 호기였으나 해외 건설 경험이 없는 중소 업체들은 무모하게 뛰어들어 손해를 보고 나가는 사례도 적지 않았다. 현대건설은 사우디아라비아에서 9억 달러 규모의 항만건설 공사를 따냈는데 이 공사금액은 그때까지 우리나라 업체가 해외에서 수주한 공사로서는 가장 큰 규모였다. 현대건설은 횃불을 들고 야간작업까지 강행하여 공사를 조기에 완공했다. 계약 공기를 잘 지키고 한국 근로자들은 근면하다는 평판을 얻음으로써 다음 공사를 따는 데도 유리한 위치를 점하게 되었다고 한다. 그리하여 오늘의 현대그룹으로 성장하는 발판이 된 것이 중동 진출이었다고 한다.

우리나라의 경제성장이 피부로 느껴지기 시작하는 때가 바로 1970년대였다. 중동 건설에 참여하여 공사 계약금, 선수금 등으로 받은 달러를 국내 은행에서 원화로 환전하게 되니 통화량이 팽창하고 소비자 물가가 급상승하는 외환 인플레이션도 겪었다. 우리나라의 수출 총액이 100억 달러를 돌파한 것도 1977년이었다. 수출 100억 달러의 의미는 크다. 상품 수풀 규모가 이 정도 되면 수출이 자생적으로 늘어갈 수 있는 기반이 될 수 있기 때문이다. 한국 경제성장의 근본적인 동력은 대외지향적인 개방정책과 1960년대의 월남파병, 비슷한 시기의 광산 근로자 및 간호 인력 독일 진출 그리고 건설업의 중동 진출이라고 할 수 있다. 이들의 해외 진출은 그 자체의 달러 외화 수입 뿐 아니라 우리 기술 및 산업의 해외 진출에 큰 파급효과를 일으켰다. 이것이 자유민주주의와 시장경제의 힘이다. 고향을 떠나 해외에서 흘렸던 그들의 피땀, 눈물은 아픔으로 쓰러졌던 하루를 다시 일으켜 세우며 우리의 이웃이, 우리의 친구가 다시 꿈을 꿀 수 있게 희망을 선물해 주었다. 그 희망으로 대한민국은 봄이 오고 꽃이 피기 시작했다.

세계 건설 시장으로서 우리나라 경제성장에도 일익을 담당했던 쿠웨이트가 순조롭게 현대화의 길을 가고 있던 1990년 말 느닷없는 이라크의 침공을 받고 그동안 건설했던 주요 건축물과 유전이 많이 파괴되었다. 미국을 비롯한 연합군의 반격으로 단기간 내에

이라크군이 패퇴하여 물러갔으나 퇴각하면서 유전에 지르고 간 불이 3개월 동안이나 타는 바람에 쿠웨이트 경제는 심대한 타격을 받게 되었다. 그 당시 나는 헝가리 부다페스트에서 CNN 방송으로 걸프 전쟁 생중계를 듣고 있었다. 그 후 쿠웨이트는 중동의 파리란 화려한 별명은 빛을 잃고 그 자리를 마침내 UAE(아랍에미리트 연합)에 내어주게 된다.

열사의 나라 쿠웨이트에서 만 2년 일했다. 독일에서 2년 반을 하고 옮겼기 때문에 2년도 긴 것이다. 처음 해외로 근무를 나가서 4년 반 만에 서울에 들어오니. 모든 것이 너무 많이 달라져 있었다. 대한민국의 봄은 여기저기서 꽃을 피웠다. 찬바람 부는 겨울처럼 왜소한 도로는 포장이 되어 있었고 꽃망울 터뜨리듯 자동차의 크락션 소리는 빵빵거렸다. 없었던 빌딩도 많이 생겼고 거리는 활기가 넘쳤다. 특히 나를 어리둥절하게 했던 것은 젊은 여인들의 얼굴이 다 비슷해 보이는 것이었다. 독일의 젊은 여자들은 화장을 별로 하지 않는다. 중동지역 여자들은 히잡이라는 것을 머리에 쓰기 때문에 얼굴이 잘 보이지 않는다. 한국은 여자들 화장이 진하다 보니 각자의 얼굴에 개성미가 드러나지 않고 모두 비슷해 보였다. 몇 주가 지나서야 적응이 됐다. 생애 처음 이슬람 문화권에서 많은 것을 경험했다. 오일달러의 위력, 그들이 돼지고기를 금지하는 이유를 더운 기후에서 찾았다. 더운 날씨에 쉽게 부패하기 쉬우니 법으로 금지한 것이다. 금주도 마찬가지다. 더운 지역에서 술을 마시면 빨리 취하고 몸에 무리가 간다. 그들은 공식적으로는 음주를 금하는데 집에서는 홈바를 차려놓고 마시는 사람들이 많다. 그래서 알

콜 중독자가 오히려 많다고 한다.

　사람은 태어나면서 운명이 정해진다고 생각되는 때가 가끔 있었다. 피할 수 없는 것이 운명이라고 했던가. 첫 해외발령 때 피하기를 원했던 쿠웨이트에 3년도 안 되어 뜻밖에 가게 되었다면 나는 쿠웨이트와 운명적 인연이 있는 것 아닐까. 어떻든 2년의 쿠웨이트 생활은 결과적으로 내게 나쁘지는 않았다. 뭣보다 가장 중요시했던 공관 분위기도 좋았고 지금 생각하니 나는 추운 지역보다는 더운 데가 체질에 맞는 것 같다. 나이테가 늘어가면서 더 그렇다. 어둠이 내린 사막에서 더 빛나는 별처럼 나도 누군가에게 아름다운 운명으로 다가가고 싶다.

버림받은 꽃

지지리도 못났다고 내던진 분재 국화
어느 날 모퉁이서 빙그레 웃고 있다
외모로 평하지 말고 속마음도 보라며

오뉴월 뙤약볕을 오히려 발판 삼고
가을이 돌아오니 마침내 고개 들어
시련을 이겨낸 미소 그 뭣보다 값지다

■ □ ■ □ ■ □ ■

초원의 말발굽 소리

　'몽골'이라고 발음하면 달그락 달그락 말발굽 소리가 나는 듯하다. 바람을 동경하며 떠도는 유목민의 유전자가 느껴져 친근하다. '몽고'라는 말에 익숙한 사람들은 '몽골'이라고 하면 발음을 잘못한 것으로 이해하는 경우가 많다. 몽고는 중국식 이름이고 정식 국명은 몽골(Mongolia)이다. 몽골의 어원에 대하여는 여러 가지 설이 있으나 천년의 영웅 '칭기스칸'을 배출한 부족 이름이라고 일반적으로 알려져 있다. 한자의 蒙(입을 몽) 자가 어리다는 뜻이 내포되어 있고 거기에 古(옛 고) 자가 붙어 부정적인 말이 되기 때문에 몽골 사람들은 좋아하지 않는다. 몽골과 중국은 4천 8백 킬로미터의 국경을 접하고 있어서 역사적으로 충돌이 잦았다. 만리장성이 태어나게 된 배경이기도 하다.

　몽골 사람들은 중국을 싫어한다. 중국이 겉으로는 몽골을 독립국가로 인정하면서도 내심으로는 자기네 땅이라고 생각하기 때문이다. 마치 고구려를 자기네 역사의 일부라고 하는 것과 같은 맥락이다. 그와 반대로 몽골 사람들은 러시아는 싫어하지 않는다. 사회주의 체제 시절 러시아의 지배를 받고서도 비교적 관대하다. 러시아는 몽골을 자기 땅이라고 생각하지 않고 중국과 러시아 강대국 사이에 있는 완충 국가라고 보기 때문이다.

국토면적 156만 평방 킬로에 사막과 초원 각각 40%, 기타 산림 등으로 되어 있다. 가축의 방목으로 인해 초원은 해마다 조금씩 줄어들고 사막은 늘어가고 있다. 인구 300여만 명에 말이 350여만 마리로 말의 숫자가 더 많다. 바람의 목소리와 말발굽 소리는 초원에서 자라고 새의 고단한 깃털은 사막에서 흩날리고 있다. 바람, 말발굽 소리, 새처럼 떠도는 피의 유전자가 몽골에는 있다. 지금도 시골에서는 말이 주요 교통수단이다. 아이들은 태어나서 걷기 시작할 때부터 말타기에 길들여진다. 말타기에 길들여진다는 것은 유목민의 피를 새긴다는 것. 몸 안에 바람을 동경하는 유전자가 심어져 있다는 것이다. 초원에 살면서 가축의 먹이를 찾아 1년에 두세 차례 이동한다. 이러한 유목 생활 때문에 그들의 집은 이동식 천막(게르)이 될 수밖에 없을 것이다. 천막집을 해체하여 다시 짓는데 소요되는 시간은 3-4시간이면 충분하다.

그들의 초원 생활 중 가장 힘든 것은 겨울나기이다. 천막이 양모 등 보온 원료로 되어 있고 게르 중앙에 난로를 설치해 해결한다. 울란바타르(Ulaanbaatar)는 세계의 수도 중에서 가장 추운 곳이다. 겨울의 평균 기온이 영하 20도 내외이다. 산간지역은 영하 40도 아래로 내려갈 때도 있다. 주식은 육류와 감자다. 그들은 늦가을에 도축해서 저장해 두고 겨울에 먹는다. 우리의 김장 김치와 같은 식이다.

내가 이 나라에 한국 대사로 간 것은 1997년 4월이었다. 유럽지역 공관장으로 갈 수도 있었으나 유럽은 이미 몇 차례 거쳤기 때문에 한 번도 근무해본 적이 없는 아시아 지역 그것도 서울에서 멀지 않은 몽골을 택했다. 공무원 중에서도 외교관은 유목민의 피가 가장 많이 흐르고 있다. 근무 기간이 끝나 근무지를 옮겨야 하는 건기가 찾아오면 나는 유목민처럼 게르와 같은 여행 가방을 챙겨들고 떠난다. 몽골은 또한 우리나라와 고려 시대에 많은 교류가 있었던 나라이며 칭기스칸이 태어났던 나라로서 호기심도 작동했다. 몽골 사람들은 우리와 생김새가 많이 닮았다. 몽골반점이란 게 있고 사고방식도 비슷하다. 몽골에서 수년을 생활한 나도 그들이 한국 사람들과 섞여 있으면 구분하기 어려울 때가 종종 있다. 그들은 한국을 형제의 나라라고 좋아한다. 인종적으로 몽골리안이라고 하면서 현재 남아 있는 몽골리안 중에서는 한국 사람이 제일 똑똑하다는 것이다.

이렇게 우호적인 환경 속에서 일하는데 어려움은 별로 없었다. 그러잖아도 좋아하는데 한국이 경제원조까지 주고 있어서 그 영향도 있었다. 한 가지 불편했던 것은 언어가 통하지 않는 점이었다. 소련의 지배하에 있었기 때문에 러시아어는 잘하는데 영어는 안 통했다. 민주화 이후 러시아어 자리를 영어가 차지하여 이제 젊은 세대들은 영어가 통한다. 현지인과의 대화는 항상 통역사의 도움을 받았다.

유럽 통합과 소련의 해체를 몰고 온 민주 자유화의 거센 파도는 중앙아시아까지 덮쳐 몽골도 민주화되었다. 몽골은 북한을 국가로 승인한 세 번째 국가였을 정도로 북한과 긴밀한 관계였다. 중국과 소련 외에 김일성이 방문한 나라가 몽골이었다. 몽골이 우리 대한민국과 외교 관계를 수립했을 때 북한은 항의 표시로 자국 대사를 소환하기도 했다. 그럼에도 불구하고 몽골 사람들은 한국 사람들을 더 좋아했다. 그도 그럴 것이 북한으로부터는 기대할 것이 없고 우리의 도움이 필요하지 않았겠는가.

일하는 데는 별 문제가 없었는데 생활 여건이 안 좋다 보니 사생활 면에서는 불편이 있었다. 겨울이 길고 봄여름이 짧은 데다 교통 인프라가 열악해서 주말에 시간 보내기가 따분했다. 건강과 여가를 즐기기 위해 말타기를 배우기로 했다. 내 안의 몽골리안 몸속에서 떠돌았던 유목민의 유전자를 기억해내고 싶었다. 멀리서 들려오는 말발굽 소리에 귀를 댄 채 잠이 든다는 유목민의 피를 찾고 싶었다. 승마는 내가 젊을 때부터 해보고 싶었던 꿈의 스포츠였다. 뉴질랜드에 있을 때 배우려고 마음먹었다면 기회가 있었겠지만 그때는 여건이 좋은 골프에 투자하느라고 못했다. 이제 세월이라는 나이테도 늘어가는데 말의 나라에 와서 승마를 못 배운다면 더는 기회가 오지 않을 것이 뻔했다. 게다가 골프 등 다른 운동도 할 만한 것이 마땅치가 않았다. 승마 학교가 없어서 말을 사육하는 농부를 찾아갔다. 시간당 사례비를 주고 그가 자기 말을 타고서 내 말을 이끄는 방식을 이용했다. 위험을 줄이기 위해 나이 들어 순해진 10살 정도의 말로 시작했다. 잘못해서 낙마하면 전치 3개월의 부상을 입기 십상이다. 말은 영리하면서도 겁이 많은 동물이다. 잘 길들여진 말도 놀래서 튀면 제어하기가 어렵다. 그럭저럭 부상 없이 달리기까지 배워서 여가를 즐길 수 있었다. 나도 바람을 동경하는 유목민이 되어가고 있었다. 바람의 목소리에 귀기울이기 시작했다.

일요일은 주로 한인 교회에서 보냈다. 예수 믿는 것은 아니었지만 지방 여행도 쉽지 않고 교회에 나가면 교민들도 만날 수 있어서 업무 수행에도 도움이 되었다. 목사, 장로는 물론 신도들도 대부분 선교사로 온 분들이라서 분위기도 좋았다. 그렇게 지내다 보니 교회 가는 것이 즐거웠다. 신앙의 싹이 트기 시작한 것이다. 그러던 어느 날 영화 '타이타닉'이 내 인생 여정에 변곡점을 그려 주었다. 배가 침몰하면서 승객들이 구명보트를 먼저 타려고 아수라장이 된 장면, 갑판에서는 오케스트라가 전혀 동요하지 않고 '내주를 가까이' 찬송가를 연주하면서 의연하게 가라앉는 장면이 비교되었다. 신앙의 위력이 머리 속에 각인되는 순간이었다. 마침내 교회에서 세례를 받게 되었다. 내가 몽골에서 다시 태어난 것이다.

조용하고 평화로운 초원에 1999년 봄 까치 한 마리가 서울에서 큰 뉴스를 물고 왔다. 김대중 대통령의 러시아 방문 일정에 몽골이 포함된다는 소식이었다. 국가원수의 방문은 해외 공관장으로서는 뭣보다 영광스러운 일이지만 또한 짊어져야 할 책임도 크다. 15년 전에 뉴질랜드에 있을 때 대통령 방문행사를 준비했던 경험이 있으나 그때는 공관 직원의 일원으로서 참여한 것이고 이번에는 공관장의 위치에서 한다는 점이 큰 차이다. 사회 인프라가 열악한 환경에서 큰 행사를 치러야 한다는 것이 부담이었다. 울란바타르 공항은 과거에 보잉 747 항공기가 한 번도 착륙한 적이 없는 공항이었다. 활주로의 길이가 짧았고 양방향 이착륙이 아니고 한방향 뿐이었다. 고도의 착륙 기술이 요구되며 시험비행이 필요했다. 이런 문제는 물론 전문가들이 해결할 일이지 내가 걱정해서 될 일은 아니다. 그러나 공관장은 법적인 문제를 떠나서 모든 책임을 떠안아야 한다는 심적 부담을 느끼게 되는 자리다.

현지의 특수한 사정으로 행사 준비는 군사작전처럼 진행되었다. 공군에서 파일럿 장교가 파견되었고 몽골 당국의 협조하에 만반의 준비를 하고 있었다. 몽골 정부는 우리나라 대통령의 자국 방문을 열렬히 원하고 있었기 필요한 협조를 아끼지 않았다.

운명은 정해진 것일까. 뉴질랜드에서 아웅산 테러 사건으로 인해 중단되었던 국가원수 방문 행사를 몽골에 와서 하게 되었다고 생각했는데 공교롭게도 D-day 3일 전 서울에서 뜻밖의 소식이 들렸다. 행사가 중단될지도 모른다는 소식이 날아들었다. 이른 아침 외교부 의전장으로부터 긴급 전화가 왔다. 대통령의 러시아 방문이 취소될 것 같고 따라서 몽골도 그럴 것 같으니 당분간 혼자만 알고 직원들에겐 비밀로 하고 기다리라는 내용이었다. 러시아가 취소되면 몽골 한 나라만 방문할 수는 없다. 미국 등 주요 국가가 아니면 대통령은 한 나라만 방문하지는 않는다. 우리 장관이 러시아 외교부 장관과 전화로 협의할 예정이라고 했다. 하늘이 노랬다. 잔뜩 움켜쥐었던 모래알들이 순식간에 손가락 사이로 흘러내린 듯 허탈했다. 나뭇가지마다 봄의 피가 돌아 연둣빛이 열리는 줄 알았는데 꽁꽁 언 꽃샘추위가 불어닥친 듯했다. 애써 준비하고 있었는데, 닭

쫓던 개가 허탈하게 지붕만 쳐다보는 꼴이 되는 듯했다. 맥이 탁 풀리고 일이 손에 잡히지 않았다. 그런 상태로 멍하니 몇 시간이 흘렀다. 다행히 그날 오후에 답답한 가슴이 뻥 뚫리는 소식이 날아왔다. 양국 장관 간에 협상이 잘 되어 방문 행사가 진행되도록 파란 불이 켜졌다는 내용이었다. 러시아 측 실무진의 실수로 생긴 해프닝으로 일단락되었다. 행사 준비는 다시 활기를 찾고 마침내 그 날이 왔다.

아무리 준비를 완벽하게 했다 하더라도 최종적인 것은 보이지 않는 손(invisible hand)이 마무리를 잘 도와주어야 한다. 공항 인프라가 좋지 않아 대통령 전용기가 안전하게 착륙할지 걱정되었다. 악천후로 인해 항공기가 착륙할 수 없는 경우에 대비 대체공항을 마련해 두었다. 몽골에는 대체할 공항이 없어 베이징 공항으로 정했다. 착륙 시 뒤에서 부는 바람(배풍)이 15노트 이상이면 착륙 시도를 포기한다. 그날 날씨는 좋았다. 기상 돌변 사태만 없기를 마음속으로 기원했다.

이윽고 번쩍번쩍 빛나는 747 전용기가 위용을 드러내면서 활주로에 접근해 오고 있었다. 가슴 조이는 순간이었다. 이 순간은 평생 잊지 못할 순간으로 입력되어 있다. 바퀴가 활주로에 닿는 순간 나도 모르게 휴 안도의 숨이 터져 나왔다. 행사의 반은 치른 것이나 다름없었다. 다른 일정들은 순조롭게 진행되었다. 역사상 우리나라 대통령의 최초 몽골 방문이라는 한·몽 외교사의 빛나는 한 페이지가 기록된 것이다.

그 후 1년 이내에 일본 총리와 중국 주석이 연이어 몽골을 방문

했다. 몽골 정부 관리들을 만나면 한국 대통령이 시작을 잘 해주셔서 인근 두 강대국의 정상들이 방문하게 되었다는 인사말을 듣곤 했다. 공관장이라는 직함으로 그 다리 역할을 했기에 몽골에서는 이를 계기로 봄꽃이 피기 시작했다. 봄꽃이 앉은 자리마다 향기가 돋아 몽골인들은 행복해 했다.

몽골은 나에게 낭만의 나라다. 바람을 동경하는 유목민의 피가 흐르는 곳, 봄의 첫 장 같은 신앙을 선물해준 곳이다. 재임 중에 공적으로 우리나라 대통령의 역사적인 방문이 처음으로 있었던 나라다. 개인적으로 기독교에 귀의하여 노후 생활에 영적 자양분을 공급하는데 도움이 되었다. 해보고 싶었던 승마도 배워서 즐겼다. 넓은 초원과 사막을 자동차로 여행하면서 보고 느낀 것도 많았다. 말로만 들었던 신기루 현상도 직접 보았다.

말발굽 소리를 낳고 기르는 유목민의 눈길을 만날 수 있어서 좋았다. 드넓은 사막과 초원에서 얻은 체험은 감성이 메말라 가는 노년 생활에 한 줄기 시원한 실바람이 되고 있다.

향수

석양에 이엉지붕 굴뚝 연기 피어나고
추석을 두드리는 다듬질 토드락탁
아련히 흘러간 세월 되돌리는 토담집

아담 옷 걸쳐 입고 방죽의 예쁜 연꽃
살며시 꺾어다가 웃고 놀던 옛 동무들
이름만 허공에 두고 멀리 떠난 그리움

■ □ ■ □ ■ □ ■

사막에 일군 첨단 전원도시 UAE

사상누각이라는 말이 있지만 중동의 사막 국가들은 모래땅 한복판에다 오일달러를 부어가며 현대적인 도시를 건설하고 있다. 100년 전만 해도 상상할 수 없는 일이다. 어디선가 알라딘의 양탄자가 사막을 건너와 램프의 요정 지니가 이렇게 말할 것 같다. "오직 주인님의 소원으로만 가능한 건설이었습니다."

그 마법 같은 소원을 이룬 대표적인 나라가 UAE(아랍 에미리트 연합)이다. 특히 두바이는 중동 아프리카 지역의 항공교통, 무역의 중심지로서 오가는 여행객들의 시선을 사로잡고 있다. 우리나라 삼성물산이 지은 세계에서 가장 높은 건물(2018 기준) 부르즈 칼리파와 칠성급 황금 호텔 부르즈 알 아랍, 국제 수준급 골프장, 섬을 만들어 조성한 고급 주택단지에다 심지어 실내 스키장까지 있다. 외국 관광객들의 눈을 휘둥그러지게 할 만한 인공 시설물들이 즐비하다. 두바이가 그렇게 하니 수도 아부다비가 시샘해 경제성도 따지지 않고 일단 호화롭고 세계 일류라고 할만 한 건축물을 세웠다. 나무와 화훼류를 심어 아름다운 전원도시를 만들어가고 있다. 아부다비 사람들은 보수적인 반면 두바이 시민들은 상당히 개방적이다. 옛날 페르시아 상인들의 후예들이 많이 살고 있기 때문이라고 한다.

바람의 터번을 쓴 후예들이 꿈들로 가득 찬 사막을 짓고 있다. 머나먼 여행길 같은 사막에 꽃과 별과 섬을 불러들여 모래 위의 향연을 펼치고 있다.

UAE(United Arab Emirates)는 아부다비를 비롯하여 두바이 등 7개의 토후국(emirate)으로 구성된 연합국으로 1971년 영국의 지배로부터 독립되었다. 그중 아부다비가 면적 인구 석유 수입 등 모든 면에서 가장 크고 두바이는 중계무역항으로서 중요한 역할을 하고 있다. 실질적으로 이들 두 토후국이 연합국의 주요 기능을 담당하고 있다. 중동지역 국가들이 대부분 왕국이지만 UAE는 공화국의 형태를 가미해서 국가원수의 호칭을 민주주의 국가처럼 대통령이라고 한다. 대통령은 7개 토후국의 대표자 회의에서 선출하는데 관례상 언제나 아부다비에서 차지한다. 국가 재정의 90% 정도를 아부다비가 부담하고 각 토후국에 재정 지원을 하기 때문에 현실적으로 다른 대안이 없는 셈이다. 수상, 외무장관, 국방장관 등 주요 각료들은 아부다비와 두바이에서 차지하고 기타 각료들은 다른 토후국에 균형 있게 배분하고 있다.

이 나라의 인구는 2,000년대 초에 300만이 안 되었는데 도시개발이 본격화되면서 급속도로 증가했다. 현재(2019)는 1천만에 육박하고 있다. 개발에 따른 인력 수요를 충당하기 위하여 해외인력을 수입했기 때문이다. 주로 인도, 파키스탄, 스리랑카 등 인접국이 노동 인력의 공급원이 되고 있다.

인구 구조는 외국인 계열이 85%를 차지하고 토박이 원주민들은 15% 밖에 안된다. 정부 기관, 회사의 의사 결정권자, 고위 관리직은 왕족 등 토박이들이 차지하고 외국인들은 행정 등 보조 업무와 노동일을 담당하고 있다.

중하류층 생활을 하는 외국인들이 많아서 각종 범죄 사건들이 빈발할 것 같은데 현실은 정반대로 치안 상태가 매우 좋은 편이다. 현행법을 위반해서 범죄자로 낙인찍히면 곧바로 추방되기 때문이다. 먹고살기 위해서 돈벌이 목적으로 온 사람들이 사소한 범법 행위를 저지르고 쫓겨난다는 것은 상상하기 어려운 일이다. 어찌 보면 UAE에서 먹고사는 일은 신앙처럼 숭고해 보이기도 한다. 숭고하기에 불법이 끼어들 수 없다. 요술 램프의 요정 지니가 말한 주인님의 소원은 도시 건설과 더불어 사회의 안정인 것이다.

요소요소에 관상수와 원예 식물들을 심어 도시를 미화하고 있는데 꽃들이 보기에는 예쁜데도 향기가 별로 없다. 비가 자주 내리지 않고 건조한 사막 기후 때문인 것 같다. 물론 나무나 화훼류 식물들은 가느다란 호스를 이용해 관개시설을 해서 물을 주고 있지만, 자연이 내리는 비와 인공으로 주는 물은 다르기 때문일까.

개발의 중심지 두바이 경제를 보면서 의문을 품는 사람들이 많다. 이렇게 호화판 시설들을 많이 지으면 수요가 있을지 궁금해 한다. 이런 의문에 대하여, 두바이 개발은 현대 경제이론으로는 설명이 안 된다고 말하는 사람도 있다. 상식적으로 옳은 말이다. 요술

램프의 지니가 말한 주인님의 소원으로만 이루어졌기에 동화적인 배경만이 그 설명이 가능할 수 있다. 적정한 수요를 예측하고 공급을 계획하는 것이 정상인데 반대로 공급 계획부터 세워 놓고 수요를 기대하는 셈이 된다.

사막이라는 특수한 환경을 고려하고 인접국의 석유 부호들 그리고 세계의 돈주머니들을 소비대상으로 하여 개발 구상을 한 것이다. 두바이 개발은 통치자 쉐이크 모하메드의 머리에서 나온 것으로 알려져 있다. 그는 범상한 사람의 사고를 뛰어넘는 기발한 착상을 하는 사람으로 유명하다. 승마를 좋아하여 국제 장거리 승마대회에 나가 우승한 적도 있고 족보 있는 새끼 말 한 마리를 1천만 달러에 매입한 것으로도 유명하다.

UAE는 사막에 100불권 미 달러화를 쫙 깔았다고 할 정도로 투자를 많이 한 곳이다. 국제경기를 할 수 있는 골프장이 여러 개 지어졌고 초특급 일류 호텔들이 두바이와 아부다비에 경쟁적으로 세워졌다. 그 외 외국 관광객들이 오면 돈을 쓰지 않을 수 없도록 만들어 놓은 유흥 시설들이 꽉 찼다. 옛날 사막의 유목민 베드윈(bedouin)들이 바닷가에 천막치고 살면서 진주 조개잡이를 하던 시대는 어디로 갔는지 찾아볼 수가 없다. 해변은 해수욕장으로 바뀌었고, 바닷가에 늘어선 숙박 시설과 상가들은 해수욕장과 근접하게 연결되어 있다. 사시사철 맑은 하늘에서 내리쬐는 햇살을 받기 위해 찾아 온 사람들에겐 더없이 편리한 휴식처가 되고 있다.

나는 이 나라에서 1999년 9월부터 2002년 6월까지 3년 가까운 세월을 보냈다. 몽골에서 근무를 마치고 직행한 것이다. 알라딘의 양탄자 같은 비행기에 몸을 실었다. 양탄자는 마법을 부려 추위를 더위로 바꾼 나라로 가게 해주었다. 동화 속의 이야기라면 재미있을 텐데 현실은 그렇지 못했다. 처음엔 불만스러웠다. 가장 추운 나라에서 제일 더운 나라로 가라고 한 정부의 명령이 원망스럽기까지 했다. 극과 극을 왔다 갔다 하는 셈이었다.

1970년대 말에 쿠웨이트 근무할 때 중동지역 근무는 그것으로 끝이 났다고 생각한 적이 있었다. 그런데 또다시 사막의 나라라니 황당했다. 물론 그 당시는 서기관 직책이었고 지금은 공관장이라는 것이 차이는 있다. 그렇지만 사람 욕심이 산 좋고 물도 좋은 것을 바라는 것 아닌가. 하지만 어찌 사람이 욕심대로만 살 수가 있는가. 안되는 것은 빨리 미련 두지 말고 포기하자는 것이 지금까지 살면서 체득한 삶의 철학이다.

나는 불만을 다 잠재우고 쿠웨이트 근무 시절을 교훈 삼아 UAE에서 맡은 임무에 충실하기로 마음속으로 다짐했다. 무엇보다도 더운 지역에서는 건강관리가 중요했다. 나름대로 규칙적인 생활과 운동으로 큰 탈 없이 즐겁게 지낼 수가 있었다. 주재국과의 관계에 있어서 특별히 스트레스를 받을 만한 골치 아픈 외교 문제는 없었다. 마음의 여유를 가지고 일하면서 임기를 마칠 수 있었다. 교민 사회 분위도 좋았다.

불만으로 시작했던 UAE 생활은 감사한 마음을 품고 기분 좋게 끝낼 수 있었다. 무슨 일이든지 마음의 자세에 따라서 행복과 불행의 열매를 다르게 맺을 수 있다. 긍정적으로 생각하면 행복의 과실을 부정적으로 생각하면 불행의 열매를 맺게 된다. UAE는 어떻게

하면 행복의 열매의 길을 갈 수 있는지를 깨닫게 해주었다. 꽃이
지는 부정적인 절망에만 머물지 말고 긍정이라는 열매를 향해 다
시 길을 나서야 한다고 말해주었다. 공직 생활의 종착역이었던
UAE와 작별한 지 16년이 지난 2018년 12월에 친구와 함께 두바
이와 아부다비로 추억 여행을 다녀왔다. 너무나도 많이 변해 있었
다. 새로운 첨단 건물, 시설물들이 많이 들어서서 처음 보는 건축
물들이 많았다. 그 때는 덥다고 불평했는데 이제는 더운 곳이 오히
려 좋았다. 거리가 비행기 너댓시간 탈 정도라면 겨울을 두바이에
가서 지내고 싶다.

그나저나 코로나 바이러스가 사람과 여객기의 이동을 올스톱 시
켜 놓았으니 두바이 같은 도시는 어쩌나 걱정이 앞선다. 하루속히
백신과 치료 약이 개발되고 우리의 일상이 복원되길 기도하는 수
밖에. 요술램프의 요정 지니에게 우리의 소원을 들어달라고 부탁이
라도 하고 싶다.

코로나 의료진

편한 길 마다하고 불길에 뛰어들어
낮과 밤 다 잊은 채 정성껏 치료한다
장하다 멋진 천사들 믿음직한 파수꾼

수많은 난관 뚫고 성장한 우리 국민
전란도 이겨내고 환란도 극복했지
이번엔 병란 네 차례 바이러스 꼼짝 마

■□■□■□■

외교관이라는 이름

외교관이라는 말은 무슨 마력이라도 지닌 것 같다. 사람들이 외교관을 실제 능력 이상으로 평가해주는 것 같다. 신통한 마력을 지닌 마법사처럼 외교관을 바라본다.

가로막힌 국제관계를 풀어내는 어떤 열쇠를 외교관이 갖고 있다고 여긴다. 닫혀 있었던 소통의 문을 여는 언어의 마술사처럼 바라본다. 나도 1960년대 말 외무부에 들어가기 전에는 한 번 해볼 만한 직업이라고 생각했다. 화려한 것 좋아하고 호기 넘친 청년의 꿈을 이룰 수 있는 공직이라고 느꼈다.

지금은 외교부로 명칭이 바뀌었지만 그 당시는 외무부였다. 그땐 일반 사람들은 해외여행도 쉽지 않았다. 경제적으로도 그랬지만 여권 발급받기가 좀 과장해서 하늘의 별 따기만큼 어려웠던 시대였다. 그런 상황에서 외교관이 된다는 것은 명예와 돈을 동시에 거머쥐는 거나 다름이 없었다.

신데렐라의 유리구두가 재투성이 소녀를 왕자의 아내로 탈바꿈시켜 놓았듯 외교관이라는 직함은 새로운 세상으로 나아가게 하는 길이었다. 내 돈 안 들이고 멋진 직함을 가지고 해외여행을 할 수 있었으니 말이다. 지금은 산업이 발달하고 서양 문물의 영향을 받아 많이 변했으나 광복 이후 건국 초기의 우리나라는 '관존민비' 사상이 만연해서 관직이 선망의 대상이 되었던 때가 있었다.

젊은 사람들이 진출할 만한 마땅한 일터도 별로 없었기 때문일 것이다. 그중에서도 외교관은 국내의 관직보다는 신선하게 보였고 멋있어 보였는지도 모른다. 그러나 이런 피상적 관점은 단지 선입견에 불과하다.

대영제국 말기 영국의 문학 평론가이며 외교관이었던 해럴드 니콜슨 경은 외교학의 고전으로 불리는 그의 저서 외교론(Diplomacy)에서 이렇게 말했다.

'외교관은 상대 국가와 서로 신뢰를 쌓고 장기적인 협력관계 구축을 위해 기여할 수 있는 자질이 필요하다'.

그의 주장은 기본적으로 옳은 말이다. 모든 것이 다 그렇지만 외교관의 역할은 시대에 따라 변화한다.

오늘날처럼 국제 통신이 발달하지 않았던 옛날에는 해외에 파견된 외교관에게 업무상 재량권이 폭넓게 주어져 있었다. 그러나 지금은 거의 실시간으로 본국과 통신을 할 수 있다. 따라서 일상적으로 처리되는 업무를 제외하고는 대부분의 정책적인 주요 사항은 본부의 사전 승인을 받고 처리한다.

그만큼 외교관의 재량권은 축소되었다. 그렇다고 해서 외교관의 자질이 그만큼 가벼워졌다는 뜻은 아니다. 외교관의 행동거지 하나

하나는 나라의 위상을 말해주는 지표가 될 수도 있을 것이다. 외교관이라는 이름으로 나아가는 국제무대의 길은 늘 방심할 수 없는 초행길이기에 긴장이 된다. 약소국의 경우는 더욱 그렇다. 외교관의 자질은 관점에 따라 다를 수 있다.

기본적으로 국제 공용어가 된 영어를 비롯하여 외국어 구사 능력이 있어야 한다. 국제 외교무대는 총소리 없는 전장이나 마찬가지다. 전장에 나가는 외교관이 지참해야 할 무기가 바로 외국어 능력이다. 외교관이 외국어를 못하는 것은 전장에 나가는 군인이 총이 없는 거나 마찬가지다.

그렇다고 외국어 잘하는 사람이 반드시 유능한 외교관이 될 수 있는 것은 아니다. 군인이 총을 가졌다고 싸움을 다 잘하는 것은 아니지 않은가. 유능한 외교관이 갖춰야 할 덕목은 정세분석 능력, 판단력, 설득력 등 다양하다. 외교관이 일상적으로 해야 하는 일은 주재국의 정치, 경제, 사회 등 제반 정세 보고이다. 단순히 사실만을 보고하는 것이 아니라 정세를 분석하고 평가해서 보고하는데 이 보고서는 본부의 대외정책 수립 기초 자료로 사용된다. 당연히 외교관의 판단력에 따라 보고서의 질이 차이가 나게 된다. 심한 경우 같은 사안에 대하여 긍정과 부정의 반대되는 보고서가 작성될 수도 있다.

조선 시대 선조는 통신정사 황윤길과 부사 김성일을 일본에 파견하였다. 도요토미 히데요시를 만나고 온 두 사람은 일본의 침략 가능성에 대하여 상반된 보고를 했다. 황윤길은 침략 가능성이 있음을 보고했고 김성일은 그럴 가능성이 없다고 보고했다. 황은 동인이었고 김은 당시에 세력이 강했던 서인이었다. 선조는 김성일의 보고서를 채택하여 일본의 침략에 대비하지 않고 있다가 임진왜란을 당하고 황윤길의 보고를 무시했음을 후회했다고 한다.

설득력도 외교관에게 대단히 중요한 덕목이다. 설득력은 상대방의 마음을 사는 일이어서 귀를 내주고 입술을 여는 타이밍이 중요하다. 외교협상에서 상대를 설득하는 능력이 있다는 것은 국익에 큰 도움을 줄 수 있는 것이다. 설득의 힘은 외교관의 지식과 논리, 화술에서 나온다고 할 수 있다. 상대방의 마음의 귀가 활짝 열려 나의 말이 들어가서 자리를 잡을 수 있도록 해야 한다. 지식을 중구난방으로 무질서하게 늘어놓으면 자칫 상대를 피곤하게 만들 수 있다. 논리 정연하게 재미있게 이야기하면 상대방이 귀를 기울이게 된다. 1:1 협상에 능한 사람이 있고 대중 연설을 잘하는 사람이 있다.

이러한 외교관의 자질은 원론적 이론이다. 현실은 한 사람의 외교관이 모든 자질을 완벽하게 다 갖추고 있는 경우가 그리 많지는 않을 것이다. 각기 외교관들이 가지고 있는 장기를 적재적소에 배치해서 활용하는 것은 지도자가 할 일이다. 외교관의 자질 못지않게 외교에 영향을 미치는 것이 국력이다. 어떤 의미에서는 외교의 힘은 국력이라고 해도 무방할 것이다. 특히 국제사회는 정글과 같이 강자의 논리가 지배하기 때문이다.

20세기의 미·소, 21세기의 미·중 양강 패권 시대에는 지구상의 국가들이 패권국을 중심으로 줄 서 있어서 국제관계는 그 질서의 틀 안에서 국익에 따라 움직이는 경향이 있다. 강대국 외교관의 실수는 국력이 덮어줄 수 있으나 약소국 외교관의 잘못은 해당 국가 국익의 손실로 고스란히 투영된다.

한반도는 미국과 중국 양 강대국의 패권 경쟁이 첨예하게 충돌하는 교차점에 있어 대한민국의 외교는 과거 어느 때보다 복잡한 양상으로 흐르고 있다. 미국은 중국이 경쟁국으로 부상하면서 야금야금 먹어 들어오고 있는 자국의 영향권을 지키기 위해서 급기야 경제전쟁을 선포한 상태다. 양강 사이에서 낀 한국은 양국으로부터 선택을 강요받는 상황에 이르렀다. 대한민국 건국에 이어 두 번째로 어려운 외교적 환경에 처해 있다.

지금 우리는 외교라는 외나무다리 위에서 위태롭게 걸어가고 있다. 위험하다고 다리를 건너지 않을 수도 없다. 등에 진 짐이 무겁다고 내려놓을 수도 없다. 한 발자국 떼는 것이 고통스러울지라도 눈 부릅뜨고 외교라는 외나무다리를 건너야 한다. 양다리 걸치고 어물어물하다가 양쪽으로부터 배척당할 수도 있다.

지금이야말로 우리 외교가 빛을 발할 수 있는 절호의 기회가 될 수도 있다. 반대로 자칫하다간 국제적 망신을 당하고 국익도 못 챙기는 상황이 올 수도 있다. 이념을 초월하여 우리 외교의 인력자원을 총동원해서 현명하게 대처해야 한다. 국가 안보를 위한 한·미동맹은 어느 때보다도 더욱 공고하게 다져야 한다.

경제적으로도 단기적 이익에 구애받지 말고 장기적인 시각으로 봐야 한다. 미국은 에너지 수출국이 되었다. 농산물도 최대의 생산, 수출국이다. 반면에 중국은 에너지, 농산물 다 수입국이다. 미국과는 자유, 민주, 인권 등 인류의 보편적 가치를 공유하고 있다.

우리의 가치동맹이다. 지리적으로 떨어져 있어서 영토적 야심도 없다. 공산주의 일당 독재 중국과는 가치를 공유할 수가 없다. 이쯤 되면 결론은 뻔하지 않은가. 중국과 적대 관계가 되자는 말이 아니다. 사안에 따라서 협력할 것은 해야 한다. 우리의 운명을 중국과 같이할 수는 없다는 말이다.

외교는 정치의 시녀라는 말이 있다. 국내 정치가 결정하는 대로 외교는 따라야 한다는 뜻이다. 정권이 바뀌어 대외정책 노선이 달라지면 그에 맞게 외교활동 내용도 조정되어야 한다. 해외공관에서 근무하는 외교관이 본국의 훈령을 자기 소신에 맞지 않는다고 거부할 권한은 없다. 이행할 수 없다면 사표를 써야 한다. 그러나 현실은 반드시 원칙대로만 되는 것은 아니다. 상식의 선에서 타협할 수밖에 없다.

우리나라가 민주화되기 전 내 또래의 한국 외교관들은 체제홍보를 위하여 많은 고충을 안고 일한 경험이 있다. 특히 유럽 등 선진 민주국가에서 일하면서 그랬다. 국내 정치적 변혁이 있을 때마다 우리나라의 안보적 특수 상황을 합리적으로 정리해서 주재국 정부를 설득해야 하는 일이었다. 이른바 한국적 민주주의론이 등장하게 되었던 배경이다.

체육관 대통령에서 대통령 직선제로 바뀌고 민주 정부가 들어선 후로 해외 공관의 체제 홍보 업무가 줄어들면서 외교관의 일이 반으로 줄었다는 말도 있었다.

30여 년의 외교직 공무원 생활을 하면서 이렇다 할 업적을 남기지는 못했다. 내 딴에는 약자의 편에 서려고 노력은 했다. 빠르고 힘있는 자들이 자리잡는 시대에서 뒤처진 약자들이 결코 고립된 섬으로 남지 않도록 마음을 보탰다. 그저 평범하게 마쳤지만 보람 있는 일도 있었다.

인프라가 열악한 지역에서 외교활동의 꽃이라 할 수 있는 정상 방문 행사도 치러봤다. 외지에서 외롭게 살고 있는 교민들의 애로 사항을 해결해 줄 수 있었던 기쁨도 맛보았다. 미국 비자 받기 어려울 때 편지 한 장으로 비자 취득을 도와주고서 외교관 타이틀의 소중함을 느껴 보기도 했다. 후회는 없다. 어느 때보다도 국내외 안보, 정치, 경제 환경이 엄중하다. 70년 동안 피땀 흘려 산업화와 민주화에 성공한 대한민국의 역사가 중단없이 발전적으로 이어지기를 바랄 뿐이다.

세계적인 투자은행 골드만 삭스가 예언한 것처럼 2050년에는 자유민주주의 하의 통일 한국이 미국에 이은 세계 2대 강국이 되기를 기대해 본다.

초원의 말발굽 소리

제2부
고향과 조국

초원의 말발굽 소리

입춘

요즈음 봄 서곡은 카톡이 선도한다
아직도 칼바람은 가슴속 에는데도
마음은 지레 꽃동산 나풀나풀 춤춘다

햇살 결 기다리는 털망토 개나리 눈
빼꼼히 엿보면서 뛰어갈 채비한다
해마다 보고 또 봐도 초심처럼 반갑다

■ □ ■ □ ■ □ ■

고향 집

어렸을 때 나는 우리 동네가 최고로 살기 좋은 곳이라고 생각했다. 이름도 명당리였다. 우리 집 앞에 초등학교가 있었고 면사무소 지서(경찰서) 등 우리의 삶과 직접 관련되는 공공기관 및 각종 생활 근린시설들이 모여 있는 면의 중심지였다.

우리 집은 남향이었고 다른 집들보다 높은 지대에 있었다. 집에서 동네로 나가는 길모퉁이에서 보면 다른 집들은 모두 아래로 내려다보였다. 하늘 가까이에 우리 집이 있어 세상의 모든 길들이 우리 집에서 시작되는 듯했다. 빗방울 떨어지는 소리길도 꽃잎 피어나는 소리길도 우리 집에서 시작되는 듯했다. 앞이 확 트여서 7-8 km 떨어진, 후백제의 견훤이 유폐되었었다는 금산사를 품은 모악산이 우람하게 보였다. 뒤는 산이라고 하기에는 조금 작고 언덕보다는 큰 '사창산'이 우리 집을 삼태기 모양으로 둘러치고 있었다. 집 뒤에 사철 푸르른 대나무밭이 있어서 사람들은 우리 집을 사창산 대밭집이라고 불렀다.

풍수지리 하는 사람들은 집터로 좋은 땅을 말할 때 배산임수(背山臨水)라는 말을 쓴다. 뒤에는 산이 둘러싸서 아늑한 느낌을 주고 앞에는 물이 흘러 경치 좋고 햇볕도 잘 들고 토양이 좋아 텃밭도 잘 가꿀 수 있는 남향의 좋은 집터라는 뜻이다. 그렇다고 우리 집이 내놓을 만한 배산임수는 아니었다.

비록 작지만 이름 가진 산이 있고 흐르는 강물은 아니더라도 집 가까이 방죽이 두 개 있으니까 임수라는 이름표는 붙였다고 할 수 있을까. 집 자체는 오래된 작은 초가집이어서 불편하고 남 보기에 좀 창피하기도 했다. 그래서 언젠가 우리도 이 자리에다 멋진 집을 짓고 살 수 있을까라는 생각을 가끔 했다. 부끄러워 얼굴을 달아오르게 하는 초라한 초가집 대신 세련된 기와집이라는 이름을 갖고 싶었다.

집은 나와 가족의 얼굴이기에 곱게 화장을 해주고 싶었다. 생활하면서 한 가지 또 불편했던 것은 옆에 샘물이 없었다. 아버지는 샘을 파려고 물줄기를 여기저기 찾아보다가 결국 찾지 못해 포기하셨다. 날이 가물지 않을 땐 우리 집과 옆집이 사용할 수 있을 정도의 물이 고이는 간이 우물을 만들어서 사용했다.

가뭄이 길어 물이 마를 때는 아래 동네의 깊은 우물에서 시원한 물을 길어다 먹었다. 마르거나 잦아들지 않았던 아랫 동네의 우물처럼 아버지는 늘 식구들을 보살펴 주셨다. 지금도 아버지는 내 안의 우물로 살아 계신다.

오랫동안 그렇게 살다가 내가 서울로 대학을 갔을 때는 동네 낮은 곳에서 수맥을 찾아 모터로 물을 품어 올려 우리 집까지 끌어

다가 식수난을 해결했다.

　과학 기술의 발전으로 시골 농촌까지 편리한 삶이 성큼 다가오기 시작했던 때였다. 내가 초등학교 졸업할 때까지도 우리 동네는 전기가 없었다. 중학교 시험 준비를 위해 야간 과외수업을 한다고 호롱불을 들고 다닌 기억이 아련하다. 호롱불이 깊어갈수록 어둠은 가득 고이고 달빛은 가만가만 내려앉았다. 그 달빛을 받으며 우리는 배고픔을 달래고 가난도 달랬다.

　한두 가지 불편했던 점이 있었지만 대체로 옛날 고향 집은 나에게 꿈을 심어 키워줬고 낭만을 가르쳐주었다. 농촌의 작은 집에서 자랐기 때문에 밖으로 나가 크고 싶었고 대나무밭과 사창산은 나를 조금이나마 사색과 명상의 길로 안내해줬는지도 모른다. 대나무밭은 참새들의 집이었고 놀이터였으며 회의 모임 장소였다. 이따금 큰 새들이 날아들었지만 주로 참새들의 무대였다. 그들은 아침 일찍 여러 그룹으로 떼 지어 들판으로 날아간다. 진종일 여기저기 날아다니면서 먹이 사냥하고 해거름에는 대나무집으로 모여들었다. 한참 동안 왁자지껄했다.

　그날 있었던 먹이 사냥 결과에 대한 토론회를 여는 것 같았다. 그 시절 대나무밭은 사람과 참새에게 똑같이 평등했다. 대숲 바람 소리에 모두 귀를 기울였고 칸칸이 쌓아 올린 대나무집을 사람도 참새도 모두 사랑했다. 해가 지고 어스름이 깔리면 참새들은 모두 잠자리에 들어가 군부대 주둔지의 취침 시간처럼 죽은 듯이 고요했다. 그때를 이용해 참새들을 사냥하는 사람들이 있었다. 동네 사랑방에서 모여 노는 청년들이 새 잡는 그물을 가지고 와서 대밭

한쪽에 쳐놓고 다른 쪽에서 대나무를 흔들어 새들을 깨웠다. 새들은 엉겁결에 깨어나 다른 쪽으로 달아나다가 그물에 걸려들었다. 참새들은 사냥꾼들의 밤참 술안주로 일생을 마치게 되었다.

대나무는 용도가 다양하다. 대바구니, 마당 갈퀴, 닭가리(병아리 가둬 키우는 가리) 등 가재도구를 만드는 재료로 널리 쓰인다. 이런 도구를 제작하는 수공예업자들은 우리 집으로 종종 대나무를 사러 왔다. 아버지는 직접 지으시는 농산물 외에는 현금 수입이 없었으므로 대나무밭은 가끔 아버지의 현금 수입원으로서 효자 노릇을 톡톡히 하기도 했다. 대나무의 어느 푸른 마디에 사랑을 퍼주고도 남을 넉넉함이 있었는지 대나무는 우리에게 한없이 퍼주고도 하늘 향해 꼿꼿이 서 있었다. 대숲에서 불어오는 노랫소리에 힘입어 우리는 용기를 얻고 울컥이는 마음을 비웠다 대나무는 생명력이 강한 편이다. 가뭄도 별로 타지 않는다. 병충해도 별로 없다. 비료를 따로 주지 않아도 된다. 떨어지는 이파리가 그대로 썩어 비료가 되기도 했다. 새들의 배설물이 거름이 되는 것 같았다. 아버지가 가끔 퇴비 찌꺼기를 대나무밭에 흩뿌리시는 것을 본 일도 있었지만 일부러 농사에 쓰는 비료를 주시는 것을 보지는 못 했다.

사창산은 내가 마음이 답답하거나 울적할 때 자주 찾는 놀이터였다. 숲이 우거지지 않고 잔디가 많이 깔려 있어서 놀기도 좋았다. 북, 동, 서쪽으로 시야가 트여 거기 오르면 가슴이 탁 트이는 것 같았다. 대전에서 출발하여 익산(이리)과 김제를 거쳐 목포로 가는 호남선 선로의 익산–김제 구간이 10시 방향 아래로 내려다보이는 위치에 있었다. 6.25동란 때는 익산역이 폭격당해 검은 연기가 치솟는 광경을 이 산에 올라 구경하며 가슴을 졸이기도 했다. 새도 울음주머니 매달고 날아올랐다. 밥알처럼 뭉친 아픔이 목에 걸렸는지 새가 울었다. 산도 주먹으로 가슴을 퍽퍽 치며 아파했다.

동란 직후에는 동네 사내아이들은 이 산에서 병정놀이도 많이 했다. 나는 익산에 있는 중고등학교에 다닐 때 익산-정읍 간 통학차를 타고 다녔다. 고등학교 다닐 때 선생님 두 분이 자전거를 타고 가정방문을 오셨던 일이 있다. 선생님들은 우리 집에 들어서시자마자 집터 좋다고 감탄사를 연발하였다.

"야! 집터 좋다. 너라도 날만 한 집터네"

그런 말을 들을 때는 어린 마음에 어깨가 으쓱해지면서 기분이 좋았다. 스님들도 가끔 바랑 메고 시주받으러 다니면서 우리 집 보고서 집터 좋다는 말을 한 적도 있었다. 나는 집터 덕분에 지금 밥이라도 먹고 사는 것일까. 풍수지리에 관해 나는 별 아는 것이 없다.

그러나 상식적으로 생각해도 산수가 좋아 경치도 좋고 앞이 확 트이고 남향의 양지바른 곳이라면 집터로서는 제격이 아닐까 생각한다. 그런 좋은 환경에서 태어나고 성장하면 대체로 성품도 온화하고 긍정적이며 진취적인 인격이 형성될 것 같다.

세월은 바위도 부스러지게 하듯이 고향 집도 세월 따라 변해갔다. 앞이 트였던 집이 어느 사이 교회가 들어서 앞을 가로막아 옛 모습을 찾아볼 수 없게 되었다. 형제자매들은 장성해서 각자의 길을 떠났다. 부모님만이 집을 지키시며 생의 마지막 날까지 치열하게 사셨다. 아버지는 그 집에서 임종하셨고 어머니는 1년 후 뇌경

색으로 쓰러지셔서 7년동안 병석에 계시다가 천국으로 가셨다. 새들이 작은 둥지에서 태어나 날개가 나고 혼자서 나를 수 있을 때 각자 살길을 찾아 집을 떠나듯이 우리 형제자매들도 새가 되어 모두 옛 고향 집에서 멀리 떠나갔다. 그 집은 이제 교회의 뒷마당으로 변했다고 한다. 전언으로만 들었지 아직 가보진 못 했다.

언제 일부러 시간을 내어 찾아가서 대나무밭도 보고 싶고 사창산에 올라가 옛날 놀던 자리를 다 걸어보고 싶다. 더 나이 들기 전에 비움과 사랑을 가르쳐준 대숲에 기대어 대나무처럼 푸른 여백을 깊숙이 받아들이고 싶다.

핸드폰

세상사 숱한 정보 한 몸에 담아놓고
웃기고 울리면서 사람에 붙어산다
스스로 좋아서 묶인 풀 수 없는 오랏줄

어린이 노인까지 무차별 소유 평등
밥 몇 끼 안 먹어도 너만은 못 놓아줘
언젠가 우리 몸에는 전화 칩이 붙겠다

밥상머리 대화

나라마다 각기 고유의 밥상 문화가 있다. 한 끼의 밥상으로도 하루를 거뜬히 들어올릴 수 있는 힘은 나라마다 다른 색깔로 다가올지라도 어머니와 아버지의 삶에서 모두 비롯되었을 것이다. 고향의 둥근 두레 밥상과는 달리 서구 사람들은 밥 먹기 전에 음료수를 먼저 마시며 환담한 후 주식을 들고, 소화를 돕기 위하여 식후주 또는 부드러운 음료를 마시는 것이 보통이다. 그들은 밥 먹는 동안 서로 가벼운 대화를 하면서 식사 시간을 즐긴다. 그렇게 해서 걸리는 시간이 보통 2시간 정도다. 이 시간은 남을 집에 초대하여 식사를 하거나 또는 식당에서 보통 비즈니스 점심을 하게 될 경우를 말한다. 집에서 가족 끼리 만 할 때는 간단히 할 수 있다.

유럽 사회의 손님 접대 문화는 손님을 자기 집으로 초청해서 정성껏 대접하는 것이 잘 접대하는 것이다. 집보다는 이름 있는 식당으로 초대해서 거하게 쏘는 것이 손님 접대를 잘하는 것으로 인식되는 우리나라의 경우와 다르다.

이런 차이가 있는 원인은 여러 가지가 있겠지만 음식 문화의 차이에서 오는 것이 클 것이다. 유럽은 식단이 준비하기 간단한 육류 스테이크고 우리나라는 각종 반찬이 풍성하게 따라붙는 한정식 밥이어서 준비하기 힘들기 때문일 것이다.

유럽 사람들은 밥 먹으면서 대화하는 것을 기본적으로 즐긴다. 우리나라의 경우도 손님을 초대할 때는 대화를 갖기 위해서 하지만 가족끼리 먹는 전통 밥상 문화는 유교의 영향을 받아서 서구와는 많이 다르다.

할아버지의 헛기침 소리가 한 끼의 밥상을 들었다 났다 했으며 아버지의 말씀 한 마디가 밥상을 숙연해지게 했다. 학교 들어가기 전에 밥상에서 먼저 세상으로 가는 길을 하나씩 열기 시작했다. 밥상은 나에게 세상으로 들어가는 징검다리와 같았다.

내가 어렸을 때는 가족이라도 아들은 아버지를 중심으로 밥상 하나에서 겸상하고 딸들은 어머니를 중심으로 다른 상에서 함께 식사했다. 그렇지 않은 독특한 가족 밥상 관습을 가진 집도 있었겠지만 대체로 그랬다. 내가 어렸을 때 받았던 밥상머리 예절 교육은 교양인으로서 갖추어야 할 기초 교육이었다.

식탁예절이 꽤나 까다로웠다. 밥 먹을 때는 잡담을 해서는 안 되는 것으로 배웠다. 잡담하면 복 달아난다는 것이었다. 아버지가 일을 하시느라 밥상에 미처 오시지 못할 때는 아버지께 반드시 진지 잡수라고 인를 해야 했다. 식탁에 앉았을 때도 먼저 수저를 들면 안 되었다. 통학차 시간에 늦을까 봐 먼저 먹어야 할 때는 시간 없어서 먼저 먹는다고 인사한 뒤에 먹어야 했다. 밥을 먼저 다 먹었다고 혼자 먼저 일어나는 것도 실례였다. 꼭 먼저 일어나야 할 사정이 있을 때는 저 먼저 일어날게요 하고 어른의 양해를 구한 후에 일어날 수 있었다.

그 당시 우리의 밥상은 윗사람에 대한 존중이 있었다. 그 존중은 사람에 대한 예의를 알게 해주었다. 한 끼의 밥상에 녹아 있는 존중과 예의가 나를 살찌우게 했고 우리라는 공동체를 단단하게 만들어 주었다. 이처럼 밥상머리에서 배운 것은 식탁 예절 뿐만 아니고, 길에서 어른들을 만나게 되면 인사하는 법, 못된 짓 안 하기, 거짓말 안 하기 등등 수도 없이 많다. 때로는 삼강오륜 같은 옛 도덕률도 밥상에 올라왔다.

한 끼의 밥상을 차리기 위해 수고로움을 마다하지 않았던 부모님의 사랑과 고단함이 들어 있어 나는 밥을 남길 수가 없었다. 그 시절에는 밥은 정갈하게 먹어야지 흘리거나 께질께질 먹다가 남기는 것은 금기였다. 그렇다고 아버지와 함께 한 상에서 밥 먹는 것이 싫은 것은 아니었다. 싫고 좋고 따질 처지가 못되었다. 그때는 다 그렇게 살았으니까 당연하게 받아들인 것이다. 학교나 다른 데서 들을 수 없는 산 지식을 배우기도 했다.

아버지는 항상 어려움을 당할 때는 마음의 자세가 중요함을 강조하셨다. 어렵다고 피하려고 하지 말고, 이까짓 것 남들 다 하는데 내가 못 할 게 뭐 있느냐고 생각하고 도전하라는 말씀이었다. 몸이 아플 때는 두려워 말고 이쯤이야 내가 이겨낼 수 있다는 자신 감을 갖는 것이 중요하다고 말씀하시고 일화도 소개하셨다.
"어떤 사람이 도시락 점심을 먹고 우물에서 물을 떠 마신 후 그 우물 속에 뱀이 있는 것을 봤다. 그 후로 그가 마음이 께름칙해서 병이 났다. 그 말을 들은 동네 의사가 환자한테 그 뱀을 잡아서 없앴다고 했더니 환자의 병이 곧 나았다는 것이다."

아버지가 들려주신 이 일화가 실화였는지는 모른다. 병에 걸린다 해도 일단 마음으로서 병을 이겨낼 수 있다는 자신감을 갖는 것이 중요함을 강조하신 것으로 이해했다. 그 일화는 내 평생 뇌리에서 사라지지 않고 남아 있어 지금도 생명력을 발휘하고 있다.

요즘은 시대가 너무 많이 변했다. 옛날 같은 전통 밥상머리 대화가 있지도 않을 것이고 필요하지도 않을 것 같다. 다만 아버지의 헛기침 소리와 어머니의 다정한 눈길이 그립다. 가난한 탓에 어머니는 늘 자식들 더 먹으라고 서너 걸음 늦게 밥상 앞에 앉으셨다. 그 풍경이 아리게 그리울 뿐이다. 끈끈했던 가족관계가 느슨해지는 것 같아서 아쉽다. 농촌의 대가족제도 환경에서 어울리는 관습인 것 같다.

지금은 아이들이 많아야 2-3명 아니면 한두 명인 가정이 대부분이다. 디지털 통신의 발달로 여기저기서 온갖 정보를 얻을 수 있는 길이 열려 있다. 어린아이들도 검색 기술의 달인이 되었다. 앞으로 세상은 어떻게 변해갈 것인가. 기술의 발달 정도와 인정의 메마른 정도는 반비례하는 것 같다.

어렸을 때 농촌 마을의 따스한 인정이 그리워질 때가 많다. 바쁘게 돌아가는 도회의 일상은 부모 자식 등 가족관계를 소원하게 만드는 것 같다. 젊은 사람들은 직장생활에 바빠 아침 일찍 나갔다가 저녁 늦게 들어온다. 아침에 같이 한 식탁에 앉아서 밥 먹으며 대화할 시간도 없다. 점심은 당연하고 저녁도 마찬가지다. 식성도 각자 다르다. 모두가 핸드폰 들고 친구들과 카톡 주고받기 바쁘다.

그래서 요즘 애완견 시장이 북적거리는 것일까. 인간은 자기중심으로 사는데 강아지는 죽을 때까지 주인에 충성하니까 사람들이 그렇게 좋아하는지도 모른다. 아이가 없는 사람은 강아지를 입양한다. 동물병원에 강아지를 잠시 맡기면서 '엄마 곧 올게' 하면서 간다. 그 순간 자기 자신이 엄마 개가 되는 것은 깜빡 모르는 것 같다. 나 자신도 산책하면서 귀여운 강아지를 만나면 주인의 눈치를 볼 필요도 없이 손을 흔들어 인사를 한다. 그러면 주인도 미소를 짓는다.

인간애가 메말라가는 세상 인정을 원상회복하는 방법은 정녕 없는 것일까. 누가 선거철에 이런 정책구호를 내걸고 출마한다면 한 표를 던져주고 싶다. 김이 모락모락 나는 둥근 밥상, 가슴 환하게 와 닿는 그 밥상이 오늘따라 그립다.

호스피스 병동에서

무겁게 깔린 고요 진혼곡 예고하듯
하늘로 가는 여행 숙연한 대기실에
반쪽을 내주려 하니 쌓인 아픔 밀려온다

다시는 못 돌아올 구름다리 건널 사람
사연은 다르지만 종착진 한결같다
천국은 좋으면서도 가라 하면 싫은 곳

■ □ ■ □ ■ □ ■

금치 맛의 여운

　1952년 임진년, 그해 여름 가뭄은 유난히 독하고도 길었다. 북한군의 남침으로 6.25 전쟁이 발발한 지 2년쯤 지난 때였다. 전선은 38도선을 중심으로 교착상태에 들어갔고 전쟁 피로감에 지친 쌍방 간에는 휴전을 위한 물밑 대화가 이루어지고 있었다.

　기록적인 한발로 인해 논바닥은 틈이 쩍쩍 벌어져 마치 거북이 등 모양처럼 보였다. 방죽에 가둬둔 비상 농업용수마저 고갈되었다. 그래도 곧 비가 내릴 것이라는 희망 속에 김매기는 포기하지 않았다. 물이 있는 논에서 호미로 하는 것이 아닌 괭이로 찍어가며 잡초를 제거하는 것이었다. 여기저기서 기우제를 지내고 지하수를 파는 등 별수를 다 써봤지만 비는 오지 않고 땡볕에 농작물이 시들고 타는 상황은 막을 길이 없었다.

　마침내 방죽마저 밑바닥이 드러나고 갈라졌다. 가뭄으로 인해 무더기로 이사간 텅 빈 물의 마을처럼 황폐한 방죽은 바닥에 들러붙은 햇살마저 갈라지고 있었다. 갈증과 먼지만 날리는 방죽은 가뭄에게 뒷덜미가 잡혀 있었다. 찰랑찰랑 방죽의 표정을 환하게 했던 숲과 새들의 날갯짓은 기억 너머로 사라져갔다. 누가 그런 생각을 해냈는지 주변 동네 사람들은 마른 방죽을 파고 토탄이라는 것을 캐내기 시작했다. 토탄은 석탄보다는 늦게 지각변동으로 인해 나무들이 땅속에 묻혀 탄화된 것이다. 그걸 캐서 볕에 말리면 좋은 땔감이 된다. 화력은 석탄만큼은 못 하지만 푸나무 말린 것보다는 강한 것 같았다.

방죽은 개인의 소유가 아닌 공유지였는데 면사무소 등 관공서에서는 묵인하고 있었다. 그래서 일손이 있고 부지런한 사람은 누구든지 토탄을 채굴할 수가 있었다. 우리 집도 일꾼을 사서 얼마간 캐내 땔감으로 보태기도 했다.

그렇게 한여름이 가고 처서 절기가 되어 단비가 내렸으나 해갈까지는 많이 부족했다. 가난한 물의 마을로 이사 오겠다는 과감한 비의 소식은 들리지 않았다. 비의 불황은 계속되었고 인심이 흉흉한 밭의 농작물들은 바짝 말라갔다.

배추, 무 등 김장거리 채소 씨앗을 뿌려서 싹이 올라왔는데 발육에 필요한 물이 부족하니 성장이 더디었다. 게다가 가뭄 끝이라 진딧물이 많이 생겼다. 못 먹어서 약한 체질에다 벌레까지 달라붙으니 김장 채소가 견뎌내기 어려웠다.

어머니는 채소를 살리기 위해 가뭄에 대해 결사 항전을 결심했다. 무 배추가 다 죽으면 겨울철 밥상에 오를 가장 중요한 반찬거리 김치가 없어지는 것이다. 우물에서 물을 퍼다 주기로 했다. 그나마 다행이었던 것은 그 가뭄에도 식수용 우물은 마르지는 않았다. 평소보다는 수량이 부족하기는 했으나 우리 동네 식구들 식수용으로서는 부족함이 없었다. 워낙 수원이 깊어 심한 가뭄에도 샘이 마르지는 않는 우물이었다. 비가 정상으로 내릴 때는 우리 옆집이랑 두 집이 먹는 우물과 허드렛물로 쓰는 얕은 우물 하나가 있었다. 사람 식수로 사용할 수는 없어도 채소에 먹일 수는 있었다.

우리가 마시고, 설거지하고 버리는 물은 무조건 채소밭으로 갔다. 옆으로 쫙 퍼지게 끼얹는 물의 박수 소리를 들으며 무와 배추는 살아갈 희망을 노래하고 용기를 얻었을 것이다. 최대한 넓게 물의 천을 펼치듯 물을 뿌려주고 나면 우리의 마음까지 환해지곤 했다. 그렇게 온 가족이 채소 가꾸기에 동원되었다. 나도 물론 어머니를 도와 한 몫을 거들었다.

우리 집은 완전 전시 비상체제로 들어간 셈이었다. 물 주기보다 더 힘든 일은 진딧물 소탕 작전이었다. 진딧물은 많지 않을 때는 손작업을 해서 없앨 수 있지만 많을 때는 약을 쓰지 않으면 다른 방법이 없었다.

그 당시 우리나라에는 친환경 농약이 없었다. 친환경이라는 말 자체가 듣기에 생소한 단어였다. 그냥 시중에서 구할 수 있었던 구충제로 미국에서는 이미 사용 금지된 BHC 린덴이라는 농약이었던 것 같다. 지금은 우리나라에서도 사용이 금지된 흰색 가루였다. 그걸 모기장 조각으로 주머니를 만들어서 그 안에 싸매 가지고 배춧잎을 하나하나 떠들고서 뿌려주는 작업이었다. 무는 진딧물이 심하게 타지 않아 그나마 다행이었다.

그렇게 물을 길어다 주고 농약 뿌려주고 해서 그해 배추 농사는 날씨, 병충해 등 환경 여건에 비하면 제법 괜찮은 소출이 되었다. 온 가족이 협력하여 사투한 결과였다. 동네 40여 호 가운데 우리 집과 이장 댁 단 두 집만 김장을 할 수가 있었다.

그런 상황이었으니 김치는 그야말로 금치로서 귀한 대접을 받던 그해 임진년 겨울이었다. 설렘 가득한 크리스마스 저녁처럼 김치가 있는 저녁은 행복했다. 김치는 겨울이 시리지 않게 온기를 불어넣어 줬고 긴긴 동짓달이 춥지 않게 붉은색으로 따스하게 덧입혀 주었다. 손님이 오면 김치가 최고의 반찬이었다.

동네 이웃집들, 친척들과도 조금씩 나눴다. 희소성의 가치란 게 그런 것인가. 평소 같으면 별것 아닌 평범한 것이다. 그저 약방에 감초처럼 의례 밥상에 오르는 평범한 김치가 그토록 귀한 대접을 받은 적은 그 후로 지금까지 단 한 번도 없었다.

그때의 김치맛은 불멸의 향기를 주는 여운으로 남아 지금도 내 혀끝을 촉촉이 적셔줄 때가 있다. 내 인생의 가장 아름다운 크리스마스 저녁은 그때 그 김치가 있는 저녁이었다. 그때 우리 집이 그 귀한 김치를 먹을 수 있었던 것은 순전히 어머니의 부지런함 덕분이었다. 어머니는 정말 부지런하셨다. 동네는 물론 면, 군내에서도 따라올 사람이 없었을 것이다.

부지런하기 경연대회가 있었다면 당연히 어머니가 가장 큰 대상 받았을 것이다. 어머니는 말주변도 없으시고 남에게 잘 보이려고 하는 성격도 아니었다. 그냥 일만 열심히 하시고 남이나 사회에 대해서 조금도 폐를 끼치지 않으려고 하는 농촌의 수줍은 아낙이었다. 학교에서 학부모 회의가 있을 때 부리나케 달려가는 치맛바람의 어머니가 아니었다. 나는 그런 어머니가 원망스럽기도 할 때가 있었다. 자식 교육에 열의가 없는 것처럼 보였기 때문이다. 지금은 다 이해가 된다. 남 앞에 나타나기 좋아하지 않는 어머니의 성격 때문이었다.

우리 삶의 모든 것이 그렇다. 부지런하고 끈기 있는 사람은 보통 사람에게는 불가능한 것처럼 보이는 것을 가능하게 할 수 있다. 게으른 사람은 보통 사람도 할 수 있는 일을 하지 못해서 의당히 차지할 수 있는 자기 몫을 잃는 사람들이 많다. 남을 속이는 잔꾀를 주로 연구해서 얻은 부정적인 재주를 성실하게 일해서 얻은 사람의 성과를 가로채는 데 사용하여 편하게 사는 사람들도 있다. 이른바 불로 소득자들이다.

언뜻 보기에는 재주 좋고 똑똑한 사람 같지만 실상 그들은 배추를 갉아 먹는 진딧물과 다를 바 없다. 건전한 사회는 개미처럼 부지런히 일하는 사람이 배짱이 같이 놀고먹는 사람보다 대접받는 사회라고 할 수 있다. 어느 사회가 됐던 불완전한 인간이 모여 사는 공동체인 이상 모든 것이 완벽하기를 기대한다는 것은 애초부터 무리이다.

문제는 이러한 사회적 모순을 국가가 법에 따라 정의롭고 공정하게 조정하고 관리할 수 있는 능력이 있어야 한다는 것이다. 그러기 위하여서는 정부가 보편적 가치 기준에 따라 법과 상식에 입각한 국가 경영 철학을 확립하고 솔선수범해야 한다. 국민을 내 편네 편으로 나누어 인기영합주의로 나라를 경영한다면 자칫 정권뿐만 아니라 국가의 존립마저 위태롭게 된다는 것은 역사가 말해주고 있다. 각계의 지도자들이 이념을 초월해서 국리민복을 최우선으로 하고 정책을 추진해야 할 이유다.

이 나라는 8.15 광복 5년 만에 국토의 80%를 폐허로 만든 6.25 전란을 겪고도 오늘날 세계 12대 교역국에 민주주의 기반까지 구축한 세계에 유례없는 성공 사례가 되었다. 국제사회로부터 절대적인 인정을 받고 있다. 이 사실은 우리 국민에게 저력이 있다는 것을 말해준다. 지정학적 요인과 코로나 바이러스로 인해 유례없는 위기에 처한 이 나라를 모두 함께 힘 모아 재건해야 한다. 그리하여 다음 세대에 살기 좋고 아름다운 자유민주의 대한민국을 물려줄 수 있기를 소망한다.

가뭄으로 농사를 망쳤을 때도 우리 가족은 힘을 모아 물의 박수소리를 쳐주며 텃밭을 가꿔, 김치가 있는 크리스마스 저녁을 날마다 맞이했다. 다시 한번 마음을 모아 서로에게 격려의 박수를 쳐주며 먼 훗날, 크리스마스 저녁처럼 행복한 날들이 우리 후손에게 갈 수 있도록 해야 한다.

고속터미널역에서

그리도 많은 사람 물밀듯 오가는데
올 듯이 눈길 주던 그 사람 아니 오고
진종일 그리움 결만 창가에서 맴돈다

만나고 헤어지는 인연의 교차로에
덧없이 지나온 길 추억을 반추하며
남은 길 무지개 걸쳐 푸르른 꿈 수놓네

■□■□■□■

운동선수라는 꿈

　초등(국민)학교 시절의 추억거리를 꼽는다면 단연 소풍 갈 때와 운동회 날이라고 할 수 있다. 소풍은 어른과 아이 할 것 없이 다 좋아하는 나들이다. 초등학교 때 소풍은 주로 가까운 곳으로 걸어서 갔다.

　그때는 6.25 동란 전후였고 경제적으로 어려웠던 때여서 기차나 버스를 타고 멀리 가는 것은 생각할 수도 없었다. 상급 학년이 되어서는 그리 멀지 않은 곳으로 기차 타고 수학여행을 갈 때도 있었지만 아쉽게도 나는 그런 경험은 못 했다.

　보통 소풍 갈 때는 어머니가 정성을 들여 싸주신 도시락을 들고 1-2시간 내외 거리의 사찰이 있는 곳으로 가는 것이 관행이었다. 연둣빛 자지러지는 산길 따라 앞서거니 뒤서거니 우리들은 재잘거리며 잘도 걸었다. 새소리를 앉힌 나뭇가지로 칼싸움을 하면서 장군이 되었다가 졸병이 되었다가 하다 보면 어느덧 사찰에 도착하곤 했다. 우리 학교에서 자주 갔던 곳은 김제의 흥복사였다. 이 시

찰은 서기 650년 백제 의자왕 10년 고구려에서 온 보덕이 창건하여 처음에는 '승가사'라고 했다 한다. 그 뒤 여러 차례 중건과 중수를 거듭하였고 1597년 선조 30년 정유재란 때 완전히 소실되었다. 그 후 1625년(인조3년)에 김제지역에 살던 흥복이라는 처사가 극락전을 중건하고 흥복사로 불렀다고 한다. 소풍 갈 때는 그런 것도 몰랐다. 설령 선생님이 말씀하셨다 하더라도 귓바퀴에서만 맴돌다 튕겨져 나갔을 것이다. 친구들의 수다에만 우리들의 귀는 활짝 열려 있었다. 소풍에 관한 이야기라면 어느 친구의 말에도 귀를 쫑긋거리며 반응했다. 오전에 걸어가서 조금 후에 점심 먹고 한두 시간 놀다가 돌아오는 일정이었다.

우리 선배 형들은 걸어서 금산사까지 갔다 오기도 했으나 나는 그런 복은 누리지 못했다. 걸어서 갔다 오면 다리 아프고 힘들었지만 그래도 그때는 좋았다. 교내에서만 놀다가 오랫만에 밖으로 나가 맑은 공기 마시며 친구들과 함께 하루 놀고 오면 그 경쾌한 기분이 며칠은 가는 것 같았다.

운동회는 학교의 거교적 연례행사였다. 한두 달 남짓 전부터 준비해서 9-10월에 하는 보건 학습 발표회였다. 소풍도 그렇지만 운동회 날이 다가오면 며칠 전부터 마음이 설레었다. 내 안의 들뜬 마음 때문에 잠도 오지 않고 멀리 개 짖는 소리만 방안으로 들어와 머물다 갔다. 밤새 누가 다녀갔는지 꿈에서는 새가 지상을 박차 오르듯 달리기를 했다.

아침에 눈을 뜨면 나는 그 새처럼 쏜살같이 학교로 갔다. 운동회 날은 이것저것 먹거리 장도 서고 뭣보다도 달리기와 여러 가지 경기에서 상을 타는 것이 즐거웠다. 달리기는 보통 8명이 한 조로 했는데 나는 해마다 1-3 등 사이는 꼭 낄 수 있었다.

내가 초등학교 때 가장 부러워했던 것이 달리기 대표선수였다. 조금만 더 기록을 단축하면 낄 수 있을 것 같은데 그 조금만이 문제였다. 결국 대표선수에는 끼지 못하고 조별 경기에서 상 타는 것으로 만족해야 했다. 나는 운동을 좋아하는 편이었다. 축구, 탁구, 테니스 등 공 가지고 노는 운동은 다 좋아했다. 다만 농구와 야구는 할 기회가 없어서 손을 거의 안 댔다. 그 중에서도 축구를 제일 좋아했다.

시골에 제대로 된 공을 구하기 어려웠을 때 새끼줄로 지푸라기 공을 만들어서 차고 놀기도 했다. 어쩌다 큰 고무공이라도 생기면 애지중지 잘 보관하려고 애썼다. 바닥으로 떨어져도 다시 튀는 공처럼 나의 마음도 하늘 높이 튀어 오르고 싶었다. 결코 쓰러지는 법이 없는 공, 힘들어도 다시 탄력 받아 튀어 오르는 공, 하늘로 오르려고 최선을 다하여 사는 공, 나도 그런 공처럼 되고 싶었다.

공을 차다가 터지기라도 하면 동네 자전거포에서 접착제로 때워서 찼다. 가죽으로 된 축구공이 생기는 날은 대박이었다. 동네 친구들은 그걸 서로 자기 집에 보관하려고 경쟁했다. 한 번이라도 자기가 더 갖고 놀고 싶어서였다.

가끔 동네 대항 축구 시합도 열렸다. 아무래도 학교에 가까운 동네가 우승하는 경우가 많았다. 학교 운동장에서 연습할 기회가 많았기 때문이다. 축구는 돈이 별로 안 들고 운동장이 없으면 길에서든 어디서든 마른 공간만 있으면 쉽게 할 수 있는 운동이다. 모든 운동이 다 그렇지만 몸이 유연해야 한다.

아프리카 사람들이 축구에 타고난 소질이 있는 것 같다. 그들은 어렸을 때부터 토속 춤으로 훈련되어 있어서 몸이 매우 유연하다. 유럽의 축구 최강국 영국의 EPL(English Premier League) 구단의 외국인 선수들 가운데 두각을 나타내는 선수들 중에는 아프리카 출신들이 많다.

내가 중학교 다닐 때는 우리 학교가 도내 중등학교 단위에서는 축구로 유명했다. 도내 학교 대항 축구 경기에서 중등부 우승컵을 들어 올린 때가 많았다. 축구뿐 아니라 학업 수준도 상위권에 들어갔다. 그때는 '전국 학술 경시대회'라는 것이 있었다. 우리 학교 2, 3학년 대표가 전국에서 영어와 수학 단일 과목에서 1등을 한 적이 있다.

그 후부터 우리 학교의 선전 구호는 '공부도 1등, 운동도 1등'이었다. 나는 그에 대한 자부심이 컸다. 나 자신이 그런 학생이 되고 싶었다. 공부는 남한테 지지는 안 했으니까 내가 좋아하는 축구에 관심이 컸다. 당시 나보다 1년 위 선배 중에 축구 선수이면서 마라톤 선수였던 C가 있었다. 그는 나의 우상이었다. 나는 방과 후에는 축구 선수들이 운동장에서 연습하는 장면을 자주 구경했다. 그냥 서서 구경하는 것도 재미있었다.

학급대항 축구 시합이 있을 때는 우리 학급대표로 뛰었다. 학교 대표는 엄두도 못 냈다. 당시 중학교 대표 축구 선수라 하면 나이가 보통 2-3세 이상 많고 체격 조건도 좋고 주먹 좀 쓰는 나이가 많은 학생들이 많았다.

축구는 격렬한 스포츠이기 때문에 우선 외모에서 상대를 제압하는 것이 중요하다. 볼을 뺏으려고 다투면서 주먹이 오가기도 한다. 상대에게 눌려 기가 죽으면 오금도 못 쓰고 볼을 빼앗긴다. 심판원에게 들키지 않고 힘을 쓰는 것이 기술이다.

C선배는 교내에서도 인기가 있었다. 친화력도 좋았다. 그는 고교 축구의 명문 중동 고등학교로 스카웃되어 가서 축구 선수로 더욱 성장하고 발전했다. 국가대표로도 활약했고 후에 K리그의 성남일화 구단 감독이 되어 팀을 K리그에서 세 번 우승으로 이끌었다. 하지만 현역에서 은퇴한 뒤 불행히도 뜻밖에 루게릭병으로 타계했다. 결코 쓰러지는 법이 없는 공처럼 늘 최선을 다했던 그 선배가 다시 일어나지 못하고 세상을 떠났다. 그 선배는 황망히 떠나갔지만 그가 걸었던 길은 공처럼 매순간 둥글었다. 주위 사람들에게 따스하게 다가가 떨어져도 튀는 공처럼 힘을 주고 격려를 해주었다. 둥글게 굴러가고 둥글게 튀어오르는 공처럼 그의 삶은 늘 둥글둥글했다.

나는 스포츠를 대체로 다 좋아하고 축구는 공직 생활 중에도 은퇴할 시기까지 친선 경기에서 뛸 정도로 즐겼다. 지금은 경기를 보는 것으로 만족하고 있다. 워낙 격렬한 경기여서 만용을 부리다가 자칫 부상할 우려가 있기 때문이다. 수준 높은 축구 경기 보는 것은 정말 재미있다.

특히 우리나라 국가대표 경기와 유럽 및 남미의 대표 경기는 여건만 되면 잠을 설쳐가면서라도 본다. 그러다 보니 리오넬 메시, 크리스티아누 호날두, 지네딘 지단, 프란츠 베켄바워 등 세계의 유명한 선수 이름은 다 뀄다.

신체의 노화는 피할 수 없는 일이지만 혈기 왕성한 젊은이들의 박진감 넘치는 경기를 보고 있노라면 나도 모르게 활력이 되살아나는 것 같다. 손흥민 선수가 75m의 거리를 드리블해서 상대편 수비망을 뚫고 골을 넣는 장면은 박진감과 조바심의 미학이라고 할까. 보고 또 봐도 싫증이 나지 않는다.

어렸을 때 빙상에도 눈을 떴다. 겨울에 방죽이 얼음판 되면 나무를 깎아서 철사를 붙여 만든 자가 수제 스케이트로 빙판에서 미끄러져 가는 것을 배웠다. 넘어지기도 많이 했다. 빙판에서 잘 못 넘어져 뇌진탕이 되면 어쩌나 하는 두려움도 없지 않았다.

그러나 그런 두려움 정도는 노는 재미에 비교할 수가 없었다. 속도에 굶주린 야생마처럼 스케이트를 타고 질주하는 즐거움이 컸다. 생의 오르막과 내리막을 거침없이 통과하듯 얼음판을 달리는 즐거움이 그야말로 스릴 만점이었다. 바람의 심장을 정면으로 통과하며 스케이트를 탔다.

그때의 꿈은 스웨덴제 블레이드(스케이트 날)에 멋진 가죽신이 붙은 스케이트를 갖는 것이었다. 그 꿈은 성인이 되어 외교부에 들어가 연수차 베를린에 갔을 때 이루어졌다. 베를린에 갔던 첫 겨울에 스케이트부터 샀다. 입장료 내는 스케이트장으로, 자유롭게 출입할 수 있는 수프레 강으로 가서 정식 스케이팅을 독학한 셈이다. 약간 재미는 다르지만 이제 얼음판에 가지 않고 인라인으로 동네 운동장에서 스케이팅을 즐길 수가 있다. 몇 년 전에 마음먹고 하나 사서 즐기다가 좀 쉬었는데 이사하면서 누가 버렸는지 가져갔는지

다시 하려고 찾으니 없었다.

　내 나이에 다소 위험이 따르는 운동이긴 한데 다리 운동과 몸의 균형감각을 유지하는 데는 더없이 좋은 스포츠다. 욕심이 좀 많은 편이어서 이것저것 조금씩이라도 다 해보고 싶었다.

　고등학교 1학년 때는 배구선수가 한번 되어볼까 하고 예비 선수로 끼어서 연습도 해봤다. 이런저런 운동을 좋아하다가 고등학교 2학년이 되었다. 장래 진로에 대해서 심각하게 생각해봐야 할 때가 되었다는 것을 느꼈다. 아무래도 나는 체격 조건도 선수가 되기에는 적합하지 않은 것 같고 또 선수가 될 수 있다 하더라도 학교 대표선수만 되면 수업 시간은 나타나지도 않고 연습벌레가 되는 것이 싫었다. 운동은 취미로 하고 공부 쪽으로 가야겠다고 결단을 내렸다.

　초등학교 때부터 비록 짧은 기간이라도 한번은 해보고 싶었던 운동선수의 작은 꿈은 못 이룬 꿈으로 추억의 서랍 속에 넣어두고 말았다. 취미로 건강관리를 위한 수단으로 걷기와 가벼운 근력 운동 그리고 스레칭 등 생활 속에서 실천하면서 아쉬움을 달래고 있다. 비록 나이는 들었지만 마음은 여전히 바닥으로 떨어져도 다시 튀는 공이며 바람의 심장을 정면으로 통과하는 스케이트 선수다.

고향의 가을

금빛 물 출렁출렁 들판 길 걷노라면
구슬땀 뚝뚝 흐른 한여름 모진 시련
 황홀한 성취감 타고 봄눈처럼 녹는다

벼농사 풍작 노래 농가의 달뜬 축복
초가집 지붕 위엔 새하얀 박 덩어리
남루한 농부의 초막 기와집이 부럽잖다

■ □ ■ □ ■ □ ■

내 인생의 발랄한 청춘

한국의 남자라면 누구나 학창 시절에 한번은 병역의무라는 험한 산을 만나게 된다. 이 산을 바라보는 시각은 크게 두 가지로 나뉜다.

하나는 말없이 산 넘기를 받아들이는 사람이고 다른 하나는 어떤 수단을 동원해서라도 산을 피해가려고 하는 사람이다. 나는 전자에 해당했다. 나의 경우 대학 시절에 휴학하고 군 복무를 마치고 복학하든지 아니면 재학 중 3, 4학년 때 군사훈련을 받고 졸업과 동시에 초급장교 소위로 임관해서 2년간 복무하는 길이 있었다 (ROTC). 나는 후자를 택했다. 학업을 중단하고 군에 가는 것은 자칫하면 학업의 연속성이 깨질까 우려했기 때문이다.

그뿐 아니라 기왕이면 복무기간도 짧고 장교로 갔다 오는 것이 내 인생에 유리할 것 같았다. 학업과 군사훈련을 병행한다는 것이 만만치 않은 일이었지만 고학하면서 주경야독하는 것을 생각하면 못할 것도 없었다. 얼음새꽃이라 불리는 복수초도 제몸으로 봄을 쓰기 위해 눈보라와 어둠 속에서도 주경야독하며 꽃을 피우는데 나의 봄을 쓰기 위해서 그것쯤은 감당할 수 있었다.

좌우간 부딪쳐 보자고 결단했다. 혹독한 추위를 건너서라도 노란 꽃을 피울 기쁨에 꽃대의 심장이 쿵쿵거리듯 내 인생의 봄꽃을 피우고 싶은 기대감에 약간의 설렘과 긴장이 느껴졌다.

학교 내에서 가능한 훈련은 2년간 학기 중에 받고 두 번의 여름방학을 이용해 예비사단에 입소하여 사격 등의 필요한 훈련을 받았다. 1965년 2월 대학을 졸업하고 육군 소위로 임관하여 3개월간 보병학교에서 보수교육을 받은 후 육군 수도사단(맹호부대)에 소대장 요원으로 배치되었다. 수도사단은 6.25 전쟁 때 전공을 많이 세운 한국군 정예부대다.

당시 수도사단은 최전선을 지키는 부대가 아니고 2선에서 병사들 재교육을 담당하는 교육사단의 임무를 수행 중이었다. 사단사령부에 도착하니 내가 배속될 중대는 마침 대간첩 작전에 투입되어 작전 중이었다. 바로 작전지로 가서 중대장에게 정식 신고하려고 하니 중대장은 손부터 잡으며 친절하게 맞아 주었다. 배운 대로 관등성명 크게 외치면서 거수경례로 신고하려고 마음 속으로 준비하고 있었는데 의외로 소탈하게 대해 주었다. 대간첩 작전은 보통 상부에서 내려온 정보에 따라 간첩의 도주로를 차단 포위하여 체포하거나 상대가 먼저 공격해 오는 경우 사살하는 작전이다.

그 당시는 무장간첩이 수시로 출몰하던 때였다. 부임 후 1개월정도 지났을 때 부대 내에 긴장되는 소문이 돌기 시작했다. 수도사단이 곧 월남에 파병된다는 것이었다. 그때까지는 의료 지원단으로 비둘기부대가 파병되었고 이어 해병 청룡부대가 갔고 이제는 본격적인 전투부대가 증원 파병되는 단계였다. 마침내 소문이 현실이 되었다.

나는 마음이 착잡했다. 고등학교 1학년 때 육군사관학교에 가는 것을 진지하게 생각해봤던 때가 있었다. 가능한 한 부모님으로부터 빨리 경제적으로 독립하고 싶어서였다. 학비 안 들이고 4년제 대학의 학사학위를 받을 수 있으니 돈 벌면서 공짜로 공부할 수 있기 때문에 꿩먹고 알도 먹을 수 있는 길을 갈까 생각했었다. 그러나 일류대학을 가고 싶어 포기했다.

그런데 이제 월남 전선에 투입돼야 할지도 모른다니 야릇한 운명의 장난인가 싶었다. 부대가 월남 간다는 소식이 시골의 부모님에게도 전해졌다. 부모님은 화들짝 놀라셨다. 자식이 총알이 빗발치는 전선으로 가야 한다는 것을 생각하면 얼마나 마음이 아프셨겠는가. 월남전 파병 소식은 심장 깊숙이 박힌 통증과 같아 숨쉴 때마다 부모님의 마음을 아프게 했다. 자식이라는 꽃이 피어나지도 못하고 총알 같은 바람에 꺾여 시들까 봐 우울해 하셨다.

시간이 흘러 본격적인 파병 준비가 시작되었다. 부대가 재편되면서 지휘관들도 많이 교체되었다. 이 과정에서 나는 이상한 감정의 갈등을 느꼈다. 한편으로 내가 사관학교 출신도 아닌데 조국을 지키는 전선도 아니고 굳이 외국의 위험한 전쟁터에 가야 할 이유가 있을까 하는 것이었다.

반면에 부대가 가는데 나만 빠지는 것이 왠지 대열에서 낙오되는 것 같은 고립감도 있었다. 내 마음은 결국 후자의 힘에 끌려 월

남에 가겠다고 자원했다.

　젊은 피는 눈앞의 위험도 두렵지 않은 것인가. 전투부대이기 때문에 전장에서 전사하거나 부상당할 가능성이 있다는 것은 머릿속에 없었다.

　그런데 상황은 내 뜻과는 반대로 돌아갔다. 진급에 유리한 전투경력을 쌓기 위해 육사 출신들이 경쟁적으로 지원했다. 더욱이 고참 소위, 중위 등 경험 있는 장교들이 소대장 요원으로 몰려들었다. 나는 초임 소위였다. 당연히 내가 우선순위에서 밀리게 되었다. 별로 서운하지는 않았다. 이것이 내 운명이거니 하고 단념했다. 전쟁 영화를 좋아하는데 영화 출연 기회를 놓쳤다고 생각하면 그만이다. 어머니 아버지는 내 마음은 모르시기에 월남 전장에 강제로 끌려가는 줄 알고 있었다. 가기 전에 얼굴이라도 보시겠다고 부대 주둔지까지 면회 오셨다.

　다행히 월남을 가지 않게 되었다고 말씀 드렸더니 죽을 자식 살렸다는 기분으로 기뻐하시면서 안심하고 내려가셨다. 총소리를 물고 쓰러지는 목숨들 사이에서 안간 힘을 다해 자식의 숨결을 다시 찾은 듯 부모님은 기뻐하셨다. 부모님의 봄은 자식이기에 자식의 존재만으로도 꽃이 피어나듯 행복해 하셨다.

　그 후 나는 전방 서부전선의 GOP 경계 부대로 전속되어 남은 군 복무를 무사히 마쳤다. 서부전선은 서울에서 가깝고 지형이 평탄해서 간첩이 침투할 수 있는 루트가 많다. 휴전선이 동고서저로 기울어진 것은 적이 서울을 주공격 목표로 하여 화력을 집중했기 때문이다. 서부전선으로 침투하는 간첩들은 남하하다 발각되는 경우 일단 감악산으로 도주한다. 표고 6백여 미터의 감악산은 산세가 험하고 깊어 은신처가 많아서 수색 작전이 쉽지 않은 산이다.

그런 면에서 지리산과 비슷하다. 한번은 우리 부대 작전구역 내에 무장간첩이 나타났다. 사단장으로부터 우리 대대에 수색 작전 명령이 떨어졌다. 대대장은 중대장의 의견도 묻지 않고 직접 나를 지명해서 소대 병력을 지휘해 감악산 도주로를 차단하고 수색, 체포하라는 명령을 내렸다.

순간 아찔했다. 무장간첩과 일전을 각오해야 할 상황이 되었다. 대대에는 16개의 소대가 있다. 따라서 16명의 소대장이 있는데 하필 내가 지명받은 것이다. 상관의 명령이니 거역할 수는 없었으나 대대장이 야속했다. 전투 중 리더는 적의 제1 표적이 된다. 죽음을 각오해야 한다. 그러다가 문득 곰곰이 생각해봤다. 내가 대대장이라면 이런 때 어떻게 했을까. 아무나 무작위로 지명했을까. 아니었다. 책임감 있게 작전 명령을 수행할 수 있다고 믿음이 가는 장교를 지명했을 것이다. 그렇게 생각하니 대대장이 나를 신임해줬다는 것이 한편으로 고맙기도 했다. 아찔함에서 감사함으로 돌아갈 수 있는 마음의 길이 새롭게 생겨 나는 다시 그 길에서 생기를 되찾았다.

모든 길에는 기쁨과 아픔의 고리가 서로 맞물려 있어 헤매기도 하지만 내 안의 소리에 귀기울이면 방향을 찾을 수 있었다. 명령대로 소대원을 이끌고 해당 지역을 철저히 수색했으나 전과는 못 올렸다. 잘못된 정보였는지, 이미 도주해 우리 지역을 벗어났는지 알 길이 없었다.

GOP 부대는 남방한계선 따라 설치된 철책선 안쪽 참호에서 24시간 경계 근무를 하는 부대다. 한 호당 2인 1조로 경계를 선다. 밤에 두려움을 방지하고 졸지 않도록 하기 위해서다. 가끔 소대장과 중사 이상의 선임하사가 감독 근무를 나가 함께 철야 경계한다.

늦가을 한밤중에 소슬바람 일고 억새 풀 우는 소리 처량하게 들리는데 북쪽 인민군의 심리전 방송이 전파를 타게 되면 누구나 향수의 강물에 빠지기 십상이다. 그 당시만 해도 북쪽의 인민군이 졸고 있는 우리 경계병의 목을 잘라가는 사건이 간간이 일어나기도 할 때였다.

내가 경계 감독 근무를 나갔을 때의 일이다. 달빛이 희미한 자정쯤 되었을 때 경계 참호 앞쪽에서 수상한 소리가 들려왔다. 사람이 무성한 풀섶을 헤치면서 살살 기어 올라오는 것 같았다. 세 사람이 들어도 같았다. 조명탄을 터트려 봤다. 확인할 수가 없었다.

만약의 사태에 대비해서 가지고 있는 수류탄과 개인화기, 탄약 등 가용 무기를 즉시 사용할 수 있는 상태로 준비해 놓고 숨죽이며 기다렸다. 죽더라도 끝까지 싸우다가 죽을 각오를 했다. 내심 두렵기도 했으나 명색이 장교가 병사들 앞에서 나약함을 보일 수는 없었다. 책임감이란 게 이런 것인가를 느꼈다. 다행이 환각이었다. 바람결에 흔들리는 억새 풀 소리였다. 좋은 경험이었다. 대간첩 작전으로 출동해서 멀리 보이는 미확인 물체를 보고 확인 사격을 한 일이 여러 번 있었다.

고참이 되자 선임 소대장으로서 공석이 된 중대장 대리 근무를 4개월쯤 한 일이 있다. 중대는 군 행정, 보급의 기본 단위다. 이때

행정의 경직성 때문에 잘못한 것도 없이 억울한 일을 당할 뻔했다. 전방에는 '고정탱크'라는 것이 있다. 사격은 가능한 고철 탱크를 적의 접근로 주요 지점을 목표로 설정해 놓고 엔진은 떼이간 앉은 뱅이 탱크다. 이런 탱크도 관리 인계인수를 한다. 중대장 대리로서 나도 이 탱크에 부착된 사격 기재 등 관리재산을 전임자로부터 있는 상태 그대로 인계받았다.

그런데 군단 감찰단에서 정기 재물조사를 나왔다. 조사단은 인도 검차표(원장)상에 있는 사격 기재의 일부가 없어졌다고 내게 변상 조치를 때렸다. 나는 어이가 없었다. 아무리 군대라고 하더라도 이렇게 비합리적인 조치가 어디 있는가. 변상 가격은 그 당시 소위 월급 2년분에 해당했다.

나는 군단에서 변상 지시공문이 올 때마다 내가 인계받은 재산은 완벽하게 관리했다는 점을 강조하여 변상 불가 이유서를 매번 제출했다. 그러다가 이 문제는 수면 아래로 가라앉고 더 이상 거론되지 않았다. 상명하복을 생명처럼 여기는 군의 명령이라고 해서 명백히 잘못된 지시는 무조건 복종할 필요가 없다는 것을 깨달았다.

전역 6개월 정도 남기고 연대본부로 전속되어 정보장교로 활동하다가 만 2년의 복무를 마치고 군복을 벗게 되었다. 대한민국 남자로서 최소한의 기본 의무는 했다는 일말의 성취감도 느꼈다.

군 복무 2년 동안 우여곡절도 많았지만 젊은 시절에 배운 것도 많았다. 뭐든지 긍정적으로, 적극적으로 사고하는 버릇을 이때부터 갖게 된 것 같다. 망고는 물렁한 과육 속에 단단한 뼈를 숨겨 열대의 이미지를 심어놨듯이 나도 치기 어린 그 시절에 군 생활을 통해서 적극적인 사고방식을 몸에 심었다. 달콤한 망고처럼 긍정적인 생활습관은 내 삶을 살찌워 주었다.

지금까지 살면서 어려운 일을 당할 때는 군대 시절을 생각하며 마음을 다잡곤 한다. 2년의 ROTC 장교 생활은 단단한 뼈를 숨긴 달콤한 망고처럼 내 인생의 발랄한 청춘이며 낭만의 시기였다.

통일 전망대에서

요 앞이 우리 텃논 저기가 동네 뒷산
내 고향 다름없는 정겨운 풍경인데
벽걸이 그림된 산하 가고 올날 언젠고

그 많은 한강 다리 하나쯤 떼어다가
임진강 가로질러 건널목 만들어서
누구나 자유자재로 오고 가게 하세나

■□■□■□■

독립문

대한민국의 사적 32호인 독립문은 1897년 독립협회가 한국의 영구 독립을 선언하기 위하여 국민의 모금으로 세운 상징적 건축물이다. 프랑스의 개선문을 본떠서 서재필이 스케치한 것을 독일 공사관의 스위스 기사가 설계했다고 한다. 위치는 서대문구 현저동에 있고 근처에 3호선 지하철 독립문역이 세워졌다.

모델이 되었던 개선문과 비교하면 규모가 작고 디자인도 초라해 보인다. 그러나 당시 한국 국민의 독립 정신을 상징한다는 의미에서 역사적 가치는 결코 과소평가할 수 없는 것이다.

이 독립문이 1970년대의 개발 바람에 떠밀려서 원래 위치에서 북서쪽으로 70m 옮겨졌다. 성산대로(지금은 성산로) 건설을 위해서였다.

나는 이 지역을 지나가면서 구석으로 떠밀려 나간 독립문을 볼 때마다 마음 한구석에 깔린 아쉬움이 되살아남을 느끼곤 한다. 새것에 밀려 구석으로 밀려난 옛것이 노쇠한 부모님의 뒷모습 같아 마음이 아리다. 안방에서 생활했던 부모님이 어느 날 갑자기 골방으로 밀려난 것 같아 속상하다. 나의 미래도 저렇듯 구석으로 밀려나는 게 아닌가 하는 생각이 들어 약간은 서글퍼지기도 한다. 옛것에 대한 고마움이 옅어지고 있어 안타깝다. 우리에게 역사의식이 부족하다는 아쉬운 생각이 든다. 우리가 역사를 배우는 것은 과거의 사실을 바탕으로 현재를 바르게 이해하고 삶의 지혜를 습득하여 현재의 문제를 해결하기 위한 것이라고 할 수 있다.

나는 역사가가 아니기 때문에 역사에 대해서 논할 입장은 아니다. 그러나 상식의 선에서 생각해도 역사의 기술과 해석은 무엇보다도 객관성과 중립성이 중요하다고 생각한다.

물론 역사를 기록하는 주체는 신이 아니고 사람이기 때문에 객관성과 중립성이란 것에도 한계는 있을 것이다. 그래서 상식이라는 기준이 모든 인류사회를 공통적으로 지배하는 잣대인지도 모른다.

역사관이라는 말이 있다. 역사를 어떤 관점에서 쓰고 해석하는가 하는 기준이다. 이 역사관에 이념이라는 것이 끼어들면 문제가 생기는 것 같다. 이른바 황국사관이 그런 것 아니겠는가.

성공의 역사가 됐든 실패의 역사가 됐든, 화려하든 초라하든 역사는 사실 그대로 받아들이고 보존해야 한다. 성공의 역사는 계승 발전시키고 실패의 역사는 되풀이하지 않도록 기억해두어야 한다. 좋은 것만 받아들이고 나쁜 것은 버린다면 역사는 이미 그 가치를 상실한 것이며 국가라는 공동체가 앞으로 나아가 발전할 수 없는 것이다. 독립문이 개발의 편의성에 다소 걸림돌이 된다고 해서 그 위치를 옮겼다고 하면 이미 그 독립문의 역사적 가치는 훼손된 것이라고 본다. 원래의 위치에 그대로 보존하고 도로를 우회할 수는 없었을까.

독립문의 역사적 가치를 돈으로 환산할 성질의 것은 아니지만 어떤 기준에 따라 계산한다 해도 원형 보존의 가치가 도로를 우회하는 데 드는 비용보다는 훨씬 크다고 봐야 할 것이다. 독립문 앞에서 수없이 눈물을 흘리며 독립의 의지를 다졌을 뜨거운 가슴들이 사라지는 것 같아 아쉽다. 독립문에 스며든 울음소리와 굳은 의지가 조금은 흐트러지는 것 같아 아쉽다.

수십 년을 아파하고 분노하며 다시 일어섰던 그 시절의 흔적이 퇴색되는 것 같아 속상하다. 독재자의 동상이라고 해서, 침략자가 지은 건물이라고 해서 모두 파괴해야만 하는 것일까. 그대로 보존하면서 표식을 해놓고 후손들의 교육자료로나 관광자료로 활용하여 긍정적 효과를 거둘 방법을 찾아볼 수는 없을까.

6.25 전쟁 때 세계 전사에 기록될 만한 인천상륙 작전의 영웅 맥아더 장군 동상을 파괴해야만 할까. 반미 시위대가 순간적인 감정 폭발로 훼손한 것은 이해할 수 있다. 정부 차원에서 보수하여 영원히 잘 보존해야 할 것이다. 경복궁 앞에 일제가 총독부 건물로 지었던 옛 중앙청 건물도 권력자의 반일 정서 때문에 허물었다. 명분은 일제 총독부 건물 철거였다. 당시의 대통령이 역사에 대한 소양이 있고 가치를 알았다면 철거하지 않았을 것이다. 대통령이 그렇다고 해도 역사의식이 있는 측근 참모가 역사의 증거물로 보존해야 한다고 대통령을 설득했더라면 철거를 면할 수 있었을 것이다. 선진 문명국가 국민은 대체로 역사의식이 투철한 것 같다.

어떤 의미에서는 국민의 역사의식 유무가 선·후진국을 구별하는 기준이 될 수도 있다고 생각된다.

나는 대한민국의 현대사가 이념에 따라서 다르게 해석되는 부분이 많은 것을 보고 안타까움을 떨칠 수가 없다. 일제로부터의 광복 이전에 출생했기에 1950년 6월 25일에 발발한 동란 이후의 현대사에 관한 한 증인의 한 사람이기도 하다.

물론 그 당시는 내가 어려서 역사를 보는 안목도 없었고 또 보는 것만이 진리의 전부가 아니라는 상식도 알고 있다. 그래서 가능한 한 매사에 주관을 배제하고 객관적인 시각으로 보려고 노력한다. 우물 안 개구리 식의 편협한 시각에서 탈피하여 국제적인 학자나 전문가들의 식견에 비춰보려는 노력도 한다.

그럼에도 불구하고 대한민국 건국 관련 역사에 대한 논란은 이해할 수 없는 부분이 많다. 바로 이념이 끼어들었기 때문인 것 같다. 제2차 세계대전 전승국으로서 미국은 자유민주주의 대한민국의 건국에 협력자로서 큰 역할을 했다.

그 후 소련 스탈린의 공산주의 팽창정책을 업은 김일성의 북한군이 남침함으로써 6.25 동란이 일어났다. 유엔은 6.25 전쟁이 북한의 남침으로 인해 일어난 것으로 규정하고 자유를 수호하기 위하여 유엔군을 파병했다. 국군과 유엔군의 많은 희생으로 잃었던 우리의 영토가 회복되었고 오늘날 자유 대한민국의 기초가 다져진 것이다. 그분들의 희생이라는 주춧돌 위에 대한민국이라는 기둥을 세우고 자유민주주의라는 대들보를 올렸다.

우리는 눈에 보이지 않는다고 주춧돌의 고마움을 망각해서는 안 된다. 부모님의 희생이라는 주춧돌, 국군과 유엔군의 희생이라는 주춧돌이 있었기에 우리가 있는 것이다.

2차 대전 종전과 더불어 태어난 신생국가로서 세계 10위에 육박하는 경제건설과 자유민주주의의 토대를 다진 나라가 이 지구상 대한민국 말고 또 있는가. 이는 우리 국민의 피땀 어린 노력과 미국을 비롯한 자유 우방들의 협력으로 이루어진 것이다. 우리 민족의 역사에서 가장 성공한 70년의 대한민국 역사를 바르게 인식하고 계승하여 더 성장하고 발전할 수 있기를 바란다.

자식이 잘되라며 기도했던 어머니의 이른 새벽 정한수처럼 독립문은 우리 조상들의 눈물겨운 정성이었다. 독립문처럼 옛것에 담긴 그 정성을, 그 간절함을 우리는 잊어서는 안 된다.

미래

어디로 향하는지 무엇이 목표인지
알지도 못하면서 무작정 달려간다
인생은 미지의 세계 찾아가는 나그네

과학은 어디까지 인간은 언제까지
현재의 주종관계 지킬 수 있을 건지
혹여나 기계가 사람 위에 설 날 올지도

■ □ ■ □ ■ □ ■

밑돌

어렸을 때는 수많은 직업 중에서 선생님이 최고인 줄 알았다. 선생님은 모르는 것도 없고 모든 면에서 모범이 된다고 생각했다. 선생님과 대통령은 화장실도 안 갈 것이라는 생각도 했다. 완성된 인격체처럼 느껴졌다.

학생들과 국민의 삶이 더 행복해지도록 뒷받침해 밑돌 같은 존재로 바라봤다. 선생님의 간절한 기도로 학생들은 성장해 자신의 빛깔을 드러낸다고 여겼다. 그런데 선생님에 대한 이런 환상이 커가면서 점차 사라졌다.

주변의 선생님 하시는 분들이 대부분 선생이라는 직업을 좋아서 하는 게 아니라 마지못해서 하는 것이라고 이야기하는 것을 너무나 많이 들었기 때문이다. 젊을 때 조금만 하고 그만두려고 했는데 여태까지 하고 있다고 자학하는 말을 많이 들었다. 진취성이 없다는 이유가 대부분이었다. 또 분필 가루를 오래 마시면 안 좋다는 말도 했다. 커서 생각하니 틀린 말은 아니었다.

기껏 올라가면 교장인데 그것도 누구나 될 수 있는 것이 아니고 선택된 사람만 할 수 있는 것이다. 지금은 좋아졌지만 옛날 교육 보조자료 중 분필은 칠판에 글씨 쓸 때 나오는 가루가 호흡기로 들어가 폐에 쌓여 건강에 좋지 않을 것은 뻔했다.

그러나 가르치고 아이들과 더불어 노는 것을 즐겨 한다면 나쁘지 않은 직업이라는 것도 알게 되었다. 아이들의 잠재력을 깨워주고 성장할 수 있도록 기꺼이 밑돌이 되어준 선생님, 아이들이 올바르게 자랄 수 있도록 가지치기를 해주는 누름돌 같은 선생님. 뒤돌아보면 나도 밑돌과 누름돌 같은 선생님이 계셨기에 오늘의 내가 있었던 것이다. 교육자는 노년에 제자들이 잘되는 것을 보고 은사를 잊지 않고 찾아주는 것을 볼 때면 인생의 보람을 느끼지 않을까도 싶다.

대학 다닐 때 교직과목을 이수하여 소정의 학점을 따고 교생실습을 받으면 고등학교 준교사 자격증을 주는 제도가 있었다. 그런데 나는 교직과목을 신청할 생각은 아예 하지도 않았다. 교육자의 길이라면 석·박사 과정을 거쳐 대학으로 가는 길이 있었기 때문이다. 그러나 대학 다니면서는 주로 공무원 쪽에 관심이 있었던 이유가 더 컸을 것이다.

교육계는 꿈도 꾸지 않았던 나에게 34년간의 외무공무원 생활을 마치고 은퇴하고 나오니 생각하지 않았던 훈장 자리가 몇 군데서 기다리고 있었다. 외교 안보연구원 명예교수, 지방 K대학의 객원교수 그리고 몽골 울란 바타르 대학의 초빙교수 자리였다. 명예교수는 대학에서 필요할 경우 외교부에 국제문제에 관하여 특강 요청이 있을 때 그 강의 수요를 충족시키기 위해 두고 있는 제도다.

2년 동안 하면서 주로 지방의 대학에 가서 몇 차례 특강을 한 일이 있었다. 객원교수는 정부에서 일정 직급 이상의 직업공무원이 정년 퇴임할 때 선별적으로 주는 3년의 한시적 교수 자리다.

오랜 기간 축적된 공직 생활의 경험과 지식을 국가와 사회를 위해 생산적으로 활용하자는 취지에서 마련한 제도다. 아울러 퇴직 공무원에게 사회 적응 기간을 주어 안정적으로 사회에 정착하도록 돕는 효과도 고려했다.

나는 충남의 K대학에 객원교수로 가게 되었다. 내가 담당할 과목은 국제 통상학이었다. 나는 경제 통상 전공자는 아니다. 대학 시절에 공무원 시험 치기 위해서 경제학 원론 조금 공부한 것이 전부다. 현직에 있을 때 경제부서에서 일했고 해외 근무할 때는 경제 통상 담당관으로 실무적인 일을 하면서 배운 경험이 있을 정도였다.

막상 대학에서 이 과목을 강의한다고 생각하니 다소 긴장도 되었다. 이 긴장은 헐거운 하루를 팽팽하게 잡아당기는 도전과 같은 것이어서 발 끝에 힘을 주며 강의를 준비하게 했다. 적당량의 긴장으로 나는 밑돌과 누름돌의 역할을 다하기 위해 노력했다. 학생들이 까다로운 질문이라도 하면 어떻게 받아낼 것인지 생각도 해봤다. 나 자신이 학교 다닐 때 질문을 좋아했던 사람이다. 무슨 문제든지 의문이 생기면 어떤 방법으로든지 의문을 풀어야 직성이 풀리는 성격이다.

지금도 그런 성격은 뿌리 깊게 남아 있다. 그런 것이 나 자신의 발전을 위해 좋은 점도 있지만 대인관계에 있어서는 가끔 남을 괴롭히고 귀찮게 만들기도 한다.

강의 준비는 나름 철저히 한다고 했다. 학생들 이해하기 좋은 교재를 선택해서 강의안을 작성했다. 그것을 머리에 다 입력될 때까지 암기하다시피 했다. 학생들에게 도움이 되는 밑돌이 되고 싶어 첫 장부터 마지막 장까지 외웠다. 간절한 기도 한줌까지 담고 싶어 정성을 다했다. 내가 직접 만든 것이니 내용 자체를 기억하는 데는 별 어려움이 없었다.

그러나 강단에 서보니 아는 것과 학생들 앞에서 말하는 것은 차이가 있었다. 원고를 보고 읽는 것이 아니고 내가 소화한 것을 학생들이 이해하기 쉬운 말로 해야 하기 때문에 아는 것과 가르치는 것은 다르다는 것을 알았다. 처음 서는 강단이라서 그런 점도 있었을 것이다. 질문에 정확한 답변이 궁할 때 다른 말로 대체하는 임기응변이 내게는 부족했다. 어느 정도 얼굴도 두꺼워야 하는데 나는 그렇지 못했다.

다소 긴장된 초년을 지내고 나니 2년 차부터는 마음의 여유가 좀 생겼다. 지방대학이라고 열등의식을 가지고 있는 학생들의 학구열을 독려하기 위하여 오기(傲氣)라는 말로 자극을 주고 싶었다. '오기'라는 두 글자로 밑돌과 누름돌의 역할을 하고 싶었다. 그 오기가 학생들의 도전을 자극해 기우뚱 기우는 자신의 중심을 잡아줄 것이라 여겼다. '여러분 지방대학 다닌다고 절대로 쫄지 마요. 일류 대학에 들어갔다고 해서 그들 모두가 여러분들보다 나은 것 아닙니다. 각자 노력을 얼마나 하느냐에 따라서 4년 후의 결과는 크게 달라질 것입니다. 오기를 가지고 열심히 공부 한다면 여러분들이 앞설 수 있다고 확신합니다. 오기는 부정적으로 작용하면 패가망신하지만 긍정적으로 작용할 때는 꿈을 이루는 에너지의 원동력이 될 수 있는 것입니다'.

학기말고사 철이 돌아왔다. 시험 답안지를 채점하는데 한 여학생이 답안지 맨 아래에 이런 글귀를 써 놓았다. '선생님 말씀대로 오기로 열심히 공부하겠습니다.'

내가 헛소리를 한 것은 아니구나 하는 생각이 들었다. 말 한마디라도 흘려버리지 아니하고 기억해주니 고마웠다. 아무래도 점수를 다소는 후하게 주고 싶었다.

교육자는 학생들에게 평생 잊을 수 없는 교훈의 말을 해주는 것이 중요하다는 것을 느꼈다. 어쩌면 그 한마디의 말이 인생을 살아가는 데 결정적인 영향을 미칠 수도 있기 때문이다. 역사의 위대한 인물들은 부모나 스승으로부터 큰 영향을 받았다는 사례가 많지 않은가. 나도 밑돌 같은 역할을 조금이나마 한 것 같아서 흐뭇했다

정부에서 지원해주는 급여 기간 3년이 끝나고 1년 더 시간강사로 나가면서 K대 행정대학원에서도 한 학기 수업을 한 후 2007년 2월 울란바타르 대학으로 갔다. 울란 바타르 대학은 한국인 선교사가 세운 대학으로 한국학과가 있다. 이 대학과 인연을 맺게 된 것은 주 몽골대사로 재직시에 대학의 총장으로부터 한국경제에 관한 특강 요청에 응한 것이 계기가 되었다. '한국 경제발전의 동인'이라는 주제로 그동안 읽고. 보고. 들은 것을 종합해 강의안을 작성해서 무난하게 강의를 마쳤다. 강의기 끝난 후 Y총장은 은퇴하

면 자기네 대학에서 한국경제론 강의를 맡아줄 수 있겠느냐고 물었다.

나는 아직 몇 년 후의 일이기 때문에 별 부담감 없이 선뜻 그렇겠노라고 대답했다. 그 후 UAE를 거쳐 몇 년의 세월이 순식간에 지나가고 정년 퇴임을 하게 되니 Y총장과의 약속을 언젠가는 지켜야 하겠다는 생각이 머릿속에 잠재해 있는 것을 느꼈다. 평소에 약속을 천금 같이 여기는 성격이 기독교를 받아들인 세례 교인이 되었으니 그 정도가 더했다.

그러나 은퇴 직후에는 K대학에 출강하게 되어 가지 못했는데 이제 국내에서 할 일이 끝났으니 10여 년 전에 한 약속을 실행에 옮길 수 있는 마음의 여유가 생겼다. Y총장에게 연락했다. 그동안 국내에서 일거리가 있어 약속을 못 지켰는데 이제 자유의 몸이 되었으니 아직도 내가 필요하면 가겠노라고 했다. 즉시 오라는 연락을 받고 2007년 2월 몽골행 비행기에 올랐다. 나 혼자서 솔로 인생을 살러 간 것이다.

보수 계약 없이 봉사 활동으로 간 것이기 때문에 할 수 있을 때까지 최선을 다하고 적절한 시기에 그만두면 되는 것이었다. 숙소만 학교 측에서 제공하고 식생활, 교통비 등 모든 비용은 내가 스스로 부담하는 것이었다. 몽골에서 공관장으로 일할 때는 날씨가 춥든 덥든 걱정할 필요가 없었다. 공관장 예우로 웬만한 시설 장비가 공급되기 때문에 별 불편 없이 지낼 수 있었는데 이제는 모든 것을 스스로 해결해야 된다는 것을 생각하니 한편으로는 긴장도 되었다.

나는 이제부터 대사가 아닌 자연인으로서 평범하고 소탈하게 살겠다고 마음속으로 다짐했다. 선진국의 고위 공직자들이 퇴임 후 평범한 자연인으로 살아가는 것을 보며 나도 은퇴하면 그들처럼 살겠다고 생각했었다. 막상 현실이 되고 보니 간단치가 않았다. 제일 불편한 것은 하루 세끼 먹는 문제의 해결이었다. 서울에서 그리 멀지 않아 이따금 아내가 와서 반찬거리 등 먹을 것을 만들어 놓고 가곤 했는데 그건 며칠 가지 못했다. 시장에서 재료를 사다 직접 만들어 먹는다고 했지만 아무래도 먹는 게 부실할 수 밖에 없었다. 게다가 긴 겨울 동안 추워서 야외 운동을 못하니 건강이 쇠약해져 갔다.

내가 맡은 강좌명은 '한국경제의 이해'라고 붙였다. 한국학과 학생들에게 한국학의 한 부분으로 가르치는 것이었다. 저개발국 한국 경제가 짧은 기간에 어떻게 선진국 그룹인 OECD에 가입하게까지 되었는지 이해시키는데 중점을 두었다. 아울러 세계 10대 자원 부국인 몽골의 경제개발은 가축이 많은 점을 감안해 뉴질랜드 사례를 들어 농축산업을 육성하는 방향으로 가는 것이 바람직하다고 강조해 설명했더니 학생들 반응이 좋았다. 몽골 학생들이 자신의 빛깔에 맞는 미래를 찾을 수 있도록 도움을 줄 수 있어서 행복했다. 밑돌이 되고 싶었던 나의 작은 기도가 학생들의 미소에 묻어났다. 그 미소에서 몽골의 꿈이 피어나기를 소망했다.

공직자로서 몽골을 떠난 지 8년 만에 자연인으로 다시 가서 2년 반 동안 신앙인으로서 봉사 활동을 했다. 3년은 채우려고 마음먹었으나 건강이 나빠져서 6개월 앞당겨 귀국했다. 귀국하는 날 7년간 뇌졸중으로 거동이 불편하시던 어머니가 91세를 일기로 요양병원에서 천국으로 가셨다. 간발의 차로 임종을 못 지켜드렸다. 병원에 도착해 어머니 이마에 손을 얹으니 아직 온기가 느껴졌다. 생전에 효도를 해드리지 못한 것에 대한 회한이 컸다. 살아계실 때는 이 핑계 저 핑계 대면서 따뜻하게 모시지 못했다. 평생을 자식의 행복을 위해 밑돌로 사신 어머니에게 효를 다하지 못해 죄송스러웠다. 아직 남아 있는 온기에서 작은 위로 같은 말씀이 들리는 듯했다.

"아들아, 너와 인연 맺은 사람들에게 늘 밑돌 같은 사람이 되거라."

두 번째로 간 몽골에서 쉽지 않은 밑바닥 생활을 하며 강의를 했기에 밑돌의 의미가 무엇인지를 조금은 알 것 같았다. 한평생 밑돌로 사신 어머니의 그 마음이 만져지는 것 같아 가슴이 아팠다.

저항(抵抗)

얼마나 고뇌했나 결심을 빚기까지
애중히 가꾼 머리 결단코 잘라낼 때
눈가에 아롱진 이슬 어느 사이 내 눈에

가녀린 여인에게 어디서 그런 결기(決起)
모두가 토끼눈들 주변이 숙연하다
정의는 소중한 세계 내어주는 소우주

■□■□■□■

귀한 언어의 최면제를 입술에 바르자

성공하는 사람들의 일곱 가지 습관이라는 책이 있다. 읽어 보진 안 했지만 대충 무슨 이야기일지 짐작은 간다. 어떤 길이든지 성공이라는 목표에 도달하기 위해서는 걷는 방법이 크게 다르지는 않을 것이기 때문이다.

내가 관심을 가지는 것은 보통 사람들의 습관이다. 우리 같은 보통 사람들의 습관이 좋으냐 나쁘냐에 따라 공동체 사회가 밝을 수도 있고 어두울 수도 있기 때문이다. 사회적 동물인 인간이 모여 사는 공동체가 밝은 사회가 되기 위해서는 구성원들의 남을 배려하는 마음이 습관화된 행동으로 표현되어야 한다.

사람들이 붐비는 곳에서 오고 가다가 무의식중에 서로 어깨를 부딪칠 수 있다. 그때 '미안합니다.' 하고 미소 띤 얼굴로 한 마디 던지는 것은 상대방의 얼어붙은 마음을 녹이는 따뜻한 봄볕이 될 수 있다. 그 따스한 봄볕이 우리의 하루를 넉넉하게 해주고 꽉 짜여진 일상 속에서 숨을 쉬게 해준다. '미안합니다'라는 다섯 글자

속에는 순하고 여린 마음이 숨어 있어 우리의 무거운 마음을 가볍게 해준다.

서양 사람들은 그런 행동이 습관화되어 있어서 생각할 필요 없이 반사적으로 나온다. 우리나라를 비롯하여 동양 사람들은 일반적으로 그런 행동에 익숙해 있지 않다. 문화의 차이다.

그러나 국가 또는 대륙 간의 문화 차이가 20세기를 거쳐 21세기로 들어오면서 급속히 좁혀지고 있다. 이제는 지구촌 문화 시대가 도래하고 있는 것 같다. 각종 첨단 문명의 이기를 국경을 초월해서 무차별 사용할 수 있기 때문에 이질적인 문화의 동화는 생각보다 빠르게 진행될지 모른다. 동네 수퍼에 갔는데 계산대 여직원의 입에서 나에게 '쏘리'라는 말이 너무도 자연스럽게 나왔다. 내가 놀라면서 '어, 영어가 아주 자연스럽게 튀어나오네요' 했더니이 동네에 외국인들이 많아서 그렇다고 했다.

누군가 특별히 고마운 일을 안 했어도 '고맙습니다' 한마디 해주는 것은 상대의 기분을 예쁜 꽃으로 만들어주는 특효약이다. 스마트폰으로 문자를 주고받을 때나 전화를 할 때 끝마무리하면서 '감사합니다' 한 구절 붙이는 것은 삭막한 세상을 훈훈하게 해주는 봄바람과 같다. 마법과 같은 글자 '감사합니다'는 다소곳이 두 손을모으며 인사하는 친절함의 각도 45도와 같다. 상대방을 치켜세워주는 45도에 환한 표정이 지어진다.

나는 젊을 때 매너가 아주 맘에 드는 직장 선배를 만났다. 그는권위적이고 경직된 90도가 아닌 45도의 친절함을 몸에 익힌 선배였다. 만남이 중요하다는 말이 있듯이 매너에 관한 한 선배의 행동

하나하나는 나의 교본이 되었다. 그는 통화를 마무리할 때 항상 '고맙습니다'를 빼놓는 때가 없었다. 그것을 어떻게 일일이 생각해서 하겠는가. 평소 습관이 되어서 반사적으로 나오는 좋은 버릇이었다. 사소한 일 같아도 공동체의 대다수 구성원이 그런 버릇을 가지고 있다면 그 사회는 그렇지 않은 사회에 비해 엄청나게 밝은 사회가 될 것이다. 식당에서 밥을 먹고 나오면서도 아무 말도 하지 않고 황망히 나오는 것보다는 '잘 먹었습니다.' 한마디하고 나오면 자기 자신도 기분이 좋을 것이고 식당 측도 더 나은 서비스를 위해 노력할 것 같다.

요즘은 우리나라에서도 '사랑합니다'를 하면서 손으로 하트 모양을 그리는 모습을 자주 보게 된다. 사랑 이상으로 좋은 말은 없을 것이다. 사랑이라는 말 속에는 가난한 하루를 견디게 해줬던 어머니의 손길이 느껴져 사랑이라는 두 글자가 귓바퀴에 닿는 순간 마음이 따스해져 온다. 새삼스럽게 말할 필요도 없이 사랑의 위대한 힘에 대하여는 성서에도 나오지 않는가. 믿음, 소망, 사랑의 중요함을 역설하면서 그중에서도 사랑을 최고의 위치에 올려놓았다.

그러나 사랑은 의미가 포괄적이어서 함부로 사용하다가는 오해를 일으킬 수 있다. 사랑은 여러 가지 형태로 나타난다. 이성 간, 친구 간, 가족 간 그리고 성서에 기록된 신의 사랑 등으로 구분될 수 있다. 신의 사랑을 아가페적 사랑이라고 한다. 불특정 다수 인에 대한 사랑은 아가페적 사랑이다. 사랑이 좋은 말이라고 해서 일대일 이성 간에 남용하게 되면 혼란이 일어난다. 사랑이란 말은 절제해서 사용해야 제대로 효과를 발휘할 수 있다.

좋은 습관을 갖는 것은 당연히 좋지만 나쁜 버릇을 갖지 않는 것 또한 중요하다. 낙천적이거나 비관적인 성격은 어느 정도 타고 나는 것이다. 하지만 '습관은 제2의 천성이다'라는 말이 있듯이 후천적으로 교육, 훈련을 통해서 교정할 수도 있는 것이다. 습관은 몸에 새겨진 지도와 같아서 지우고 다시 써서 새롭게 그릴 수 있다.

좋은 습관은 내가 살아보지 못한 미래의 시간 속에서도 그 지도가 있기에 길을 잃지 않고 행복해질 수 있다. 불평과 불만이 입에 붙은 사람이 있다. 모든 일을 시작할 때 일단 부정적인 생각으로 시작하는 사람이 있다. 긍정의 마음으로 추진하면 충분히 할 수 있는 일을 그 부정적인 생각 때문에 중도에서 포기하거나 실패하는 사례를 흔히 볼 수 있다. 나쁜 버릇은 자각증상이 없는 경우가 많다.

마치 무증상 바이러스 보균자와 같다. 남의 좋은 버릇을 보고 모방해서 좋은 습관을 붙이듯이 역으로 남의 나쁜 버릇을 보고서 자신의 나쁜 습관을 찾아내 고칠 수 있는 것이다. 남을 나 자신의 거울로 삼으면 된다. 남의 좋은 습관은 모방해서 내 것으로 만들고 나쁜 습관은 거울삼아서 나의 나쁜 습관을 찾아내 고쳐야 한다. 품위와 인격을 다듬어 나가는 것이 작으나마 공동체 사회에 기여하기 위한 최소한의 도리가 아닌가 생각해본다.

습관은 내가 나의 하인이라는 의미이기 때문에 짜증을 자주 내는 하인, 불평이 가득한 하인 등은 내쫓을 필요가 있다. 내가 나에게 지지 않기 위해서는 용기 있는 하인, 열정적인 하인이라는 습관이 필요하다.

　오로지 내편 네편만 있고 공정과 정의의 기준이 모호해지고 있다. 법과 도덕률이 무참히 짓밟히고 있는 것 같다. '정직이 최선의 정책'이라고 배우고 믿어 형성되어 온 가치관에 일대 혼란의 격랑이 일고 있는 것 같아 두렵다. 우리는 기필코 인류의 보편적 가치가 존중받는 선진 문명사회로 진화해야 한다. 고지가 바로 저긴데 여기서 주저앉을 수는 없다. 선진국 진입로 8부 능선까지 왔는데 여기서 물러설 수는 없다. 혼탁해진 우리 사회를 맑고 깨끗한 사회로 만들기 위하여 다 함께 손을 잡아야 한다. 45도의 친절한 각도의 말 '미안합니다, 고맙습니다'의 귀한 언어의 최면제를 입술에 바르고 사랑의 묘약을 적절하게 사용하여 어두운 밤길을 환하게 밝힐 수 있는 때가 속히 오기를 소망한다.

남자

실속은 맨 밑바닥 밖에선 허장성세
안에선 꽃 미소에 나긋이 휘어진다
허공에 큰소리쳐도 고운 손의 노리개

산천을 호령하고 재물을 다 가져도
유혹에 무너지면 이슬처럼 사라진다
미상불 흡사 그대는 전시장의 마네킹

■ □ ■ □ ■ ■ □ ■

애국심

이국땅에서 펄럭이는 태극기를 보면 가슴이 뭉클하고 조국에 대한 고마움과 사랑하는 마음이 더 커지는 것 같다. 태극 문양에 감전된 듯한 떨림의 시작은 나의 행동거지를 바르게 하도록 동기를 부여해 줬다.

지치고 거친 마음을 다독거려 주어 다시 일어설 수 있도록 힘을 주었다. 어떤 상황에서도 마음의 중심을 잡을 수 있도록 도움을 주었다. 국내에 있을 때보다도 조국애가 더 느껴지는 이유는 무엇일까. 우리는 공기가 없으면 살 수 없으면서도 평소에는 공기의 고마움을 특별히 느끼지 못하고 산다. 산소의 밀도가 희박한 높은 산에 올라가면 그때서야 공기의 소중함을 알게 된다.

마찬가지로 항상 가족과 함께 있으면 가족이 그리운 줄도 모르다가 한동안 떨어져 살면 가족의 소중함을 느끼게 된다. 외국에 가면 나 자신이 이방인이 되기 때문에 문화가 다르고 언어의 소통이 불편하다. 혹시라도 어떤 불이익을 당하거나 신변에 무슨 일이라도 발생하면 국내에 있을 때처럼 신속한 보호를 받기가 쉽지 않다.

그런 때에 보호의 손길을 내밀어 줄 수 있는 국가가 있다는 것은 얼마나 마음 든든한 일인가. 해외 여행자가 소지하는 여권에는 1면에 외교부 장관 명의로 이런 문구가 기재되어 있다.

"대한민국 국민인 이 여권 소지인이 아무 지장 없이 통행할 수 있도록 하여 주시고 필요한 모든 편의 및 보호를 베풀어 주실 것을 관계자 여러분께 요청합니다."

아마도 대다수 해외 여행자들은 이 문구에 별로 관심을 가지지 않았을 것이다. 지금은 여권 발급받기가 어렵지 않다. 대한민국 국적을 가지고 있으면 법적 제한을 받는 사람 일부를 제외하고 누구나 신청만 하면 쉽게 받을 수 있다. 1989년 해외여행이 자유화되기 전에는 여권은 일정 요건을 갖춘 사람들만 신원조회라는 절차를 거쳐 결격사유가 없는 사람만 받을 수 있었다.

이제 지구촌 시대에 해외여행이 국내 여행과 별 다름없이 자유롭게 다닐 수 있어 특별한 장애물에 부딪치는 경우는 흔하지 않다. 만약의 경우 여행국의 법을 위반하지 않았는데 외국인이라는 이유로 여행에 심각한 방해를 받았을 때를 대비하여 우리 국민의 보호를 위하여 여권에 국제법적 근거를 확실히 해두는 것이다.

애국심이란 보호라는 반대급부 때문에 타산적으로만 생기는 것은 아니다. 우리가 태어나고 성장한 고향을 그리워하듯 내가 태어난 나라이기 때문에 사랑하는 마음이 자연적으로 생기는 것이다.

외국에 이민 간 사람들이 고국을 그리워하게 되는 이유다. 연어의 귀소본능처럼 고국을 그리워한다. 연어가 왔던 길을 되감기 하

며 폭포까지 거슬러 올라가듯 힘들게 이민 간 사람들이 다시 고국
으로 돌아오고 싶어 한다. 이렇듯 고국은 이민 간 사람들의 마음속
탯자리다.

　나라 없는 설움을 경험하지는 못했다. 태어난 시기는 일제
치하였지만 그때는 광복의 기쁨도 못 느꼈던 어린 시절이었기 때
문이다. 기록을 통해서, 선배들의 일제 강점기 경험담을 듣고 아는
정도다. 그런데 내가 쿠웨이트 근무할 당시 1977년 어느 날 한 대
만인이라고 하는 사람으로부터 전화를 받았다. 그는 여행 중에 자
기 여권 유효기간이 만료되었는데 혹시 한국 공관에서 대만 여권
의 유효기간을 연장해 줄 수 있는지 물었다. 그가 한국 공관을 생
각하게 된 것은 한국과 대만의 지난 날의 관계를 알고 있기 때문
이었을 것이다. 나는 대만과 영사업무를 위한 협약이 없기 때문에
할 수 없다고 답변했다. 내 답변을 들었을 때 그는 어떤 기분이었
을까. 추운 겨울 지나고 따스한 햇볕과 아름다운 꽃을 볼 수 있는
봄을 기대했는데 별안간 꽃샘추위를 맞은 기분은 아니었을까. 서리
가 내려 막막한 봄처럼 그는 축 늘어진 어깨로 거리를 헤맸을 것이
다. 유효기간이 만료된 여권은 세상에 홀로 남겨진 것처럼 두려
움을 느끼게 했을 것이다. 나는 잘못한 것도 없는데 미안한 생각이
들었다. 국교가 없는 나라에는 그 나라와 국교가 있는 우방국 대사
관에 이익대표부를 두는 경우가 있다.

　예를 들면 사우디아라비아와 이란이 2016년 국교를 단절한 후
양국 주재 스위스 대사관이 각국의 이익대표부 역할을 하고 있다.
나는 나라의 실체는 있으면서도 국가로서 인정을 못 받는 나라의

국민들 심정이 어떨까 하고 생각해봤다. 대만은 자유중국의 국호를 가지고 유엔 안전보장이사회 상임 이사국이었을 때 우리나라와 국교가 있던 가까운 우방이었다.

뿐만 아니라 대한민국의 탄생을 위하여 미국, 영국과 더불어 협력을 아끼지 않았던 나라였다. 그러나 마오쩌둥의 중국 공산당에 패하여 타이완 섬으로 밀려나고 이제는 국제사회에서 중국을 대표하는 위치를 본토 중화 인민공화국에 내주고 말았다. 현재 대만과 국교를 가지고 있는 나라는 중남미, 아프리카, 남태평양의 17개 국가 정도다. 국제사회는 힘이 지배하는 정글과 같다. 그래서 국제법을 강자의 법이라고도 한다. 적대 관계에 있는 상대를 선의로 끈기를 가지고 설득할 수 있다는 생각은 순진함을 넘어서 바보스러운 짓이다. 오로지 힘만이 상대의 협조를 이끌어낼 수 있는 것이다. 힘이 없으면 논리도 통하지 않는다.

국익은 힘이 있어야 지킬 수 있는 것이다. 평화도 힘을 비축해서 협상력의 근육을 보여줄 수 있어야 비로소 진정한 평화를 확보할 수 있는 것이다. 국제사회에서 살아가는 일이 이렇듯 정글 아닌 곳이 없기에 우리는 힘을 키워야 한다. 힘없는 나라의 숨통을 단숨에 끊어버리는 강대국의 날카로운 발톱 앞에서 주눅들지 않아야 한다.

인위적으로 애국심을 고취하는 방법에 두 가지가 있다. 국기를 사용하는 방법과 애국가를 활용하는 방법이다. 국기는 나라의 시각적 상징이고 애국가는 청각적 상징이다. 모두 국가의 권위와 존엄을 나타내기 위한 것이지만 전체주의 국가와 자유민주주의 국가가 표현 방법이 다르다. 전자는 국가가 애국을 강요하는 것이고 후자는 국민이 자발적으로 하는 애국이다. 강요된 애국심은 본질적인 것이 아니고 단지 현상에 불과한 것이다. 독일은 체육행사를 제외하고는 기념행사나 큰 회의를 할 때 국민의례로 국기에 대하여 경례하거나 애국가를 부르지 않는다. 왜 그러는지 알아봤다. 히틀러 독재 시대에 이를 너무 많이 악용해서 그 후 들어선 민주 정부들은 운동 경기가 있을 때만 애국가를 부르는 것으로 제한 했다고 한다. 음악은 사람의 감정을 자극하는 효과적인 수단이다. 눈물을 흘리게 하고 열광하게 하고 에너지를 충전시키는 능력이 있다. 음악에 귀가 열리면 무방비로 노출된 마음까지 활짝 열리게 된다. 내 의지와 상관없이 음악이 의도하는 어떤 목적에 맞게 나의 감정과 생각이 움직여질 수 있다. 그런 면에서 보면 음악은 사람의 마음을 쉽게 조정하고 굴복시킨다.

축구나 야구 경기장은 선수들의 경기뿐 아니라 응원단의 대결도 큰 볼거리가 된다. 1950년 6월 북한 인민군이 남침해서 우리 영토를 접수한 후에 가장 먼저 한 것 중의 하나가 학생들에게 '인민공화국' 애국가를 가르치는 것이었다. 나도 그때 초등학교에 다녔는데 그들의 애국가를 배우지 않을 수 없었다. 동네마다 학생들을 모아 '통학반'이란 것을 조직했다. 반장을 상급 학년생으로 지정하고 등교 시에는 모여서 단체로 등교했다. 그들의 애국가 등 노래는 주로 통학반을 통해서 가르쳤다. 애국가 다음으로 '김일성 장군' 노래를 배웠다.

그 외에도 많다. 그 당시 배웠던 노래는 아직도 내 기억에 남아 있다. 그렇다고 내가 지금 북한의 1당 독재 공산주의 체제를 좋아하는 것은 아니다. 내가 그때 노래를 배웠던 것은 무엇을 알고서 자발적으로 배운 것이 아니고 강요에 의해서 어쩔 수 없이 배운 것이기 때문이다. 애국을 지나치게 강요하는 것은 오히려 반발심을 일으킬 수 있는 것이다.

국가가 국민에게 편안함과 행복감을 느끼게 해주고, 외국에 나가도 대한민국 여권을 소지하고 다니는 것에 자긍심을 느낄 수 있게 해준다면 애국심은 자발적으로 생기는 것이다.

지금까지 우리 세대는 적지 않은 우여곡절을 겪으면서 살아왔다. 물론 더 큰 변란을 체험한 선배들도 많다. 6.25 전란, 4.19 의거, 5.16 쿠데타, 유신체제, 5.18 민주항쟁, 12.12 신군부 쿠데타, 6월 민주항쟁, 촛불혁명 등 국가적 격변 사태의 터널을 통과해 오면서 애국이 뭣인지에 대해서 생각할 기회도 많았다. 강요된 애국심과 자발적 애국심의 차이점도 다소나마 알게 되었다. 공직 생활을 통해서 체화되었는지도 모르지만 어쩌면 나는 국가라는 유기체의 한 부분으로 태어났는지도 모른다. 중학교 3학년 때 국사 교과서 공부를 끝내면서 선생님이 학생들에게 소감을 말해볼 사람 나오라고 했다. 내가 손을 들고 나가 이렇게 말했다.

"국사를 공부하면서 분단된 우리나라 현실을 안타깝게 생각했습니다. 제가 지금이라도 군대에 들어가 국토 분단의 현상 타파에 도움이 될 수 있다면 지금 당장이라도 군복을 입고 싶습니다." 선생님은 뭐라 할 말이 없었는지 이렇게 말했다.

"국사를 배우는 사람은 적어도 그런 감정을 느낄 수 있어야 한다."

참다운 애국은 미국의 케네디 대통령이 취임사에서 말한 것처럼 국가가 우리에게 무엇을 해줄 것인가를 요구하기 전에 우리가 국가를 위해 무엇을 할 수 있을 것인가를 묻는 것이다. 그 당시 나는 국사를 정보 습득의 대상으로 바라보지 않고 가슴으로 느끼며 받아들인 것 같다. 국사 공부는 일종의 자발적 애국심을 갖게 된 계기를 마련해 준 것 같다.

핵무기를 가지고 적화통일의 기회만 노리고 있는 북한을 앞에 두고 자유 대한민국의 미래가 걱정된다. 하지만 비관하지는 않는다. 신은 결코 우리에게서 자유를 박탈하지는 않을 것이라고 믿는다.

그리움

수수한 외모에도 내면이 뿜는 향기
저만치 서서 보면 상앗빛 고운 치마
세월이 무색하게도 한결같은 백합꽃

곁에선 못 보았던 해맑은 영혼의 창
떠도는 구름 타고 시리게 다가온다
두고 간 마지막 여운 오래도록 울린다

신뢰의 힘

기업 경영이나 조직관리에 경험이 많은 사람들이 소속 직원들의 업무능률을 올리기 위해서 가장 중요하다고 여기며 한결같이 하는 말이 있다.

'일을 맡겼으면 믿고 못 믿겠으면 일을 맡기질 말라'

개인이건 집단이건 간에 인간관계를 가장 튼실하게 묶어주는 고리는 신뢰감이다. 봄 햇살의 절대적인 신뢰가 없이 봄꽃은 홀로 피어날 수 없듯이 서로의 신뢰로 관계의 꽃은 피어난다. 서로를 믿어주는 보이지 않는 손이 신뢰이기에 우리는 막막함 속에서도 그 손을 잡고 나아갈 수 있는 것이다. 가족 간, 친구 간, 연인 간, 국민과 정부, 국제 관계에서도 신뢰는 상호의 관계를 부드럽게 해주는 윤활유 역할을 한다. 윤활유는 기계가 마찰 없이 원활하게 돌아갈수 있도록 하는 기본적인 매개물이다. 기계가 많은 부품이 유기적으로 맞물려서 돌아가는 것처럼 인간 사회는 혼자서는 살 수 없고 구성원들이 상호 내지는 두루 어울려서 관계를 이루고 사는 것이기 때문에 신뢰라는 윤활유가 필요한 것이다.

사람과 사람이 관계를 맺고 살아가는데 신뢰감 없이 되는 일은 하나도 없다. 잠시 만났다가 헤어지는 관계가 아니고 어느 정도의 시간이나마 이어지는 관계라면 더욱 그렇다.

흙과 봄 햇살과 씨앗과의 신뢰 관계가 탄탄하듯 사람 사는 세상에서의 신뢰 관계도 그러해야 한다. 바위틈 사이로 고개 내미는 여린 풀꽃의 노력도 그런 신뢰를 믿고 있기에 가능했을 것이다. 여린 풀꽃처럼 세상으로 손 내미는 그 신뢰를 우리는 저버려서는 안 된다. 이른바 '냉전 시대'라고 불리는 20세기 후반부터 독일 통일 직전까지, 분단 한반도의 통일이 독일 통일보다는 먼저 이뤄질 것으로 보는 국제정치 전문가들이 많았다. 그러나 현실은 정반대로 되었다. 그 이유는 바로 독일의 정치 지도자들이 통일을 조급하게 생각하지 않고 소련을 비롯한 공산 진영과의 신뢰 구축이라는 비전을 가지고 문제를 해결하고자 노력했기 때문이다. 오랜 세월이 걸렸다.

독일의 통일이 더 어려울 것으로 인식되었던 이유는 간단하다. 독일이 한반도보다는 강대국들의 이해관계가 더 복잡하게 얽혀 있어서 국제적 성격이 더 강했기 때문이었다. 독일은 국제법상 미국, 소련, 영국, 프랑스 등 2차대전 4대 전승국에 의해 점령된 상태에서 미국과 소련의 패권 경쟁이 첨예하게 대립하던 지역이었다. 그에 비하면 한반도의 경우는 단순했다. 전승국에 의한 점령 상태가 아니었다. 미국과 소련의 초강대국 대결에 있어서 소련이 가장 염려했던 것은 독일이 하나가 됨으로써 헝가리, 폴란드, 첵코 등 동유럽의 위성국가를 잃게 되는 것이었다. 자유 진영과 공산 진영의 대결에서 자유 진영은 자유와 경제성장이라는 강점이 있었기에 일단 유리한 고지를 점하고 있었다.

독일은 여유를 가지고 동독은 물론 소련 등 공산 진영과의 신뢰 구축을 추진할 수 있었다. 1960년대 후반부터 통일 시까지 20년을 넘도록 일관된 길을 걸어서 통일이라는 목표 지점에 도달할 수 있었다. 여린 풀꽃처럼 세상으로 손 내미는 독일의 노력이 더 빛나는 이유는 20년이 넘도록 한길을 걸었기 때문이다. 춥다고 포기하지 않고 덥다고 주저앉지 않았던 그 풀꽃 같은 노력이 부럽기만 하다.

1960년대로부터 10년 넘게 끈 베트남 전쟁은 세계 최강 미국이 불명예스럽게 호치민의 북월맹 공산군에게 패퇴한 세계 전사에 유례를 찾아보기 어려운 전쟁이었다. 전쟁 당시 워싱턴에서 각종 데이터를 넣어 컴퓨터 시뮬레이션해보면 항상 미국이 이기는 것으로 나왔다.

그러나 결과는 미국이 패배하고 베트남에서 철수하게 되었다. 정글 산악지대라는 지리적 악조건 등 여러 가지 요인을 찾을 수 있지만 나는 그 원인을 신뢰의 관점에 생각해봤다. 먼저 전쟁을 승리로 이끈 호치민의 리더십에서 찾아본다. 호치민은 부패하지 않고 청빈한 애민의 지도자였다. 그는 살아서 국제적으로도 청렴한 사회주의 지도자로 인정받았고 사후에 지금도 역사적인 평가를 받고 있다. 북월맹 국민으로부터 절대적으로 신뢰받는 지도자였다. 그런 지도자 밑에서 훈련받은 월맹군이 강하고 희생정신이 강했을 것은 가히 짐작할 수 있을 것이다.

반대로 당시 자유 월남 정부와 군의 부패 상태는 심각한 정도였다고 한다. 나는 이와 관련해서 정확한 정보를 갖고 있지 않다. 그당시 언론 보도를 보았던 기억으로 쓰고 있다. 월남 정부와 국민, 군 간에 신뢰라는 고리가 없었던 것 이다. 미국으로부터 지원받는 최신 군수 물자들이 공급과 동시에 암시장에서 팔렸다고 한다. 지도자들이 각자 개인의 이익만을 추구하고 국가의 안위는 안중에도 없었다는 것이다.

이와 같은 상황은 후에 베트남의 공산화 통일이 임박했을 때 지도자들이 먼저 해외로의 망명 등 피난길에 올랐다는 보도를 보고서 확인할 수 있었다. 미국의 경우를 보면 막강한 화력과 군수물자를 투입하고서도 전쟁을 승리로 끝내지 못했다. 전세가 지리멸렬해지니까 미국 국민은 전쟁 피로감이 쌓이고 반전운동이 벌어지게 되었다. 미국 국민은 월남전과 관련해서 정부가 발표하는 것을 다수가 믿지 않게 된 것이다.

한때는 미국 국민의 대정부 불신도(credibility gap)가 80%까지 올라갔다는 말도 있었다. 국란 중에 정부에 대한 국민의 신뢰가 무너지면 위기를 극복할 수가 없으며 국가가 쇠락의 길로 갈 수밖에 없는 것이다. 국란과 같은 꽃샘추위를 이겨낸 씨앗만이 봄꽃을 화사하게 피울 수 있다. 꽃샘추위를 이겨낸 힘도 반드시 봄이 오리라는 신뢰가 있기에 가능한 것이다.

북한은 국제사회에서 신뢰를 얻지 못하고 있다. 북한을 지칭하여 '비정상 국가'라고 부른다. 고상하게 외교적으로 부르는 말이다. 심하게는 '불량국가(rogue state)'라고도 한다. 국제사회와 한 약속을 자기들에 불리하면 멋대로 파기하고 지키지 않기 때문이다.

북한과는 국제 협약을 맺으려고 하는 나라가 별로 없다. 맺어봐야 언제 파기할지 모르기 때문이다. 남북한 간에도 그동안 7.4 남북공동성명, 10.15 남북공동선언 등 양자간 합의를 비롯해서 한반도 비핵화 6자회담 합의문 등 적지 않은 공동성명과 합의가 있지만 하나도 제대로 지켜지는 것이 없다.

그랬기 때문에 국제사회가 북한을 신뢰하지 않고 유엔 제재가 걸려 있는 것이다. 이처럼 남북한 간에는 신뢰의 기초조차 마련되어 있지 않은데 진정한 남북 경제협력이 가능하겠는가. 신뢰의 단초는 단시간 내에 만들어지는 것이 아니다. 문화와 체육 교류, 이산가족 방문 교류 등 쉬운 것부터 단계적으로 장기적인 목표를 설정해서 서서히 그러나 꾸준히 신뢰를 쌓아가야 진정한 협력의 물꼬가 트이는 것이다. 조급하게 서두르다간 반드시 저들이 쳐놓은 함정에 빠지게 되어 있다.

독일이 통일의 대업을 이루기까지 각 분야에서 단계적 교류를 통한 신뢰의 성을 쌓는데 20년 이상의 시간이 걸렸다. 신뢰의 성을 쌓기 위해 꽃샘추위 같은 20여 년의 시간을 잘 견뎌낸 독일이 멋지다. 꽃샘추위는 반드시 지나가리라는 그 확고한 믿음이 우리에게도 필요하다.

미국과 중국이 1972년 역사적인 닉슨 대통령의 중국 방문으로 국교를 수립할 때 미국은 중국이 경제적으로도 성장하면서 자유, 민주주의, 인권 등 인류의 보편적 가치를 존중하고 국제사회의 책임 있는 일원으로 행동할 것으로 믿었다. 그래서 중국이 세계무역기구(WTO)를 비롯하여 여러 국제기구에 가입하도록 도왔다. 그러나 중국은 미국과 자유 우방 국가들의 도움으로 오늘날 미국 다음의 경제 대국으로 성장하면서도 미국을 추월하겠다는 야심을 숨기지 않았다. 그것도 지적 재산권 도용 등 국제 규범을 위반하면서까지 미국에 도전함으로써 미국의 신뢰를 저버리게 된 것이다. 미국의 기존 패권에 신흥 패권국 중국이 세계 도처에서 미국의 이익을 위협하고 있다. 양 강대국 간 불신의 골이 세월 따라 깊어지면서 세계 경제에 먹구름이 짙어지고 있다.

미국의 저명한 역사학자 그레이엄 엘리슨 하바드 대학 교수는 전쟁사를 연구해본 결과 역사상 패권국 간의 충돌이 총 16번 있었는데 그중 12번이 전쟁으로 확대되었고 4번만 평화적으로 해결되었다고 주장했다. 작금의 미국과 중국의 대결은 자칫 대만이나 한반도에서 무력 충돌로 이어져 전쟁으로 확대될 가능성도 있다고 경고하면서 한국이 미·중 사이에서 중재 역할을 해줄 것을 권고한바 있다. 중재자는 양 적대국으로부터 전적인 신뢰를 받아야 중재를 할 수 있는 것이다.

대한민국이 양 초강대국 사이를 중재하여 세계 평화에 기여할 수 있다면 덩달아 한반도 문제의 해결도 실마리가 풀릴 수 있지 않을까. 황홀한 꿈을 꿔 본다. 화창한 봄날은 반드시 우리에게 올 것이다. 봄이 온다는 믿음을 갖고 꽃샘추위라는 혹독한 시련을 견딜 수만 있다면 우리는 '한반도의 평화'라는 봄꽃을 화사하게 피울 수 있을 것이다.

오죽(烏竹)

테라스 한 모퉁이 대나무 일곱 자매
어릴 적 추억 안고 다정히 소곤소곤
오롯한 지조의 향기 바람결에 펼친다

검푸른 저 꼿꼿함 선비들 혼이런가
옛 성현 안채 뜨락 그 사연 아련하고
시절이 어수선하니 그대 사랑 더 그리워

■ □ ■ □ ■ □ ■

아이들의 웃음소리로 들썩이는 농촌

'농촌'이란 말은 논과 밭 들판이 있고 소가 한가로이 풀을 뜯고 있는 평화로운 목가적 풍경을 연상하게 한다. 어린 시절 해질녘이면 고샅까지 들리는 개 짖는 소리가 노을로 번져 하늘가를 물들였다. 그 노을을 타고 밥 짓는 내음이 우리를 행복하게 했다.

향수에 젖어들게 하는 농촌이라는 말이 경제적으로는 소득수준이 높은 도시에 대비돼서 가난의 상징으로도 쓰인다. 이는 비단 한국 뿐만 아니라 선진국에서도 마찬가지다. 도시는 상공업을 비롯하여 2-4차 산업의 생산성이 높은 업종이 많으나 농촌은 1차 산업이 주를 이루고 있기 때문이다. 그렇다고 해도 선진국의 경우 도·농간의 소득 격차는 개발도상국 대비 상대적으로 크지 않다. 우리나라는 경제적으로는 선진국 그룹인 OECD 회원국이지만 유럽 선진국에 비교하면 농촌의 생활수준이 아직 낙후된 것이 현실이다. 짧은 기간에 압축 성장하면서 도시에서 필요한 젊은 노동 인력을 공급하다 보니 그만큼 농촌은 피폐해졌다. 혈기 왕성한 젊은 농사

꾼은 찾아보기 어렵고 등 굽고 땡볕에 얼굴 새까맣게 그을린 노인들만 지키고 있는 것이 오늘의 한국 농촌이다. 간혹 마음먹고 농사를 지어보겠다고 낙향한 귀농인들을 볼 수도 있지만 아직은 그들이 퇴락한 농촌을 회복시킬 수 있을지는 미지수다.

내가 어렸을 때의 농촌은 따스한 인정미가 흐르는 그야말로 화목 공동체였다. 동네에 슬픈 일이 생기면 함께 슬퍼했고 기쁜 일이 있을 때는 같이 기뻐했다. 한 집에 경사가 있어 잔치를 하게 되면 온 동네가 함께 먹고 마시고 떠들썩했다. 바쁜 농사철이면 품앗이로 네 일 내 일 따지지 않고 급한 순서에 따라 양보하고 서로 도와주면서 농사일을 거두었다.

모심기 하는 날엔 논두렁에 빙 둘러앉아서 어머니, 아주머니들이 정성껏 해온 밥을 먹으며 정담의 꽃을 피웠다. 멀리 길가는 나그네가 보일 땐 아버지는 '나보시오!' 목청껏 불러 점심을 대접해서 보내곤 했다. 고단한 삶을 꿰매는 손짓처럼 아버지는 손을 흔들며 나그네를 불렀다. 그렇게 한끼의 점심은 타인과 나의 거리 두기를 사라지게 만들었고 우리라는 울타리를 단단하게 만들어 주었다. 아버지와 동네 어른들이 만들어 준 '우리'라는 공동체 안에서 나는 '나눔'을 배웠다.

산업화는 이런 농촌의 아름다운 풍경을 밀어내고 그 자리에 이해타산의 냉정한 셈법을 깔아 놓았다. 이제는 농촌에 가도 예전처럼 훈훈한 인정은 만날 수가 없다. 웬만한 농사일은 기계가 한다. 점심때가 되면 짜장면에 맥주가 배달된다. 객이 낄 틈새가 없다. 숟가락 하나 더 얹으면 되는 우리의 전통 밥상이 아니다. 썰렁한 마을 분위기가 낯선 타관에 온 것 같은 느낌을 준다. 젊은이들은 모두 객지에서 온 모르는 사람들이다. 70세 넘은 노인들 중에 간혹 안면이 있는 것 같은 사람을 만나면 혹시 누구 아니냐고 묻고 내가 누구라고 말하면 깜짝 놀란다. 세월이 너무 많이 흘렀음을 서로 실감한다. 세월만큼 완벽하게 사람을 속일 수 있는 사기꾼이 또 있을까. 세월에게 사기를 당해도 어디 가서 하소연할 수가 없다. 세월의 무상함만 탓할 뿐 심술궂은 오늘에게 짜증 한번 내지 못한다.

세월이 소리 없이 흘러나간 몸으로 내가 다녔던 초등학교를 찾아갔다. 나의 유년 시절의 기록을 담고 있는 초등학교 모습은 어디 갔는지 찾아볼 수 없었다. 작은 건물 두 동과 손바닥만 한 운동장만이 눈 안에 들어왔다. 그때는 건물도 컸고 운동장도 굉장히 넓었었는데 어찌 저렇게 작아 보일까. 세월이 추억의 일부분을 잘라먹었는가, 내 눈이 커져서 작게 보이는가. 800명이 뛰놀았던 운동장이었는데 너무 작은 것 같았다.

지금은 전교생이 100명도 안 된다고 한다. 전주로 중학교라도 가려면 하숙을 해야만 했었는데 지금은 시내버스가 다닌다. 산업화는 농촌의 인구를 대거 도시로 이동시켰다. 비라도 내리면 신작로가 질퍽거려서 어쩌다 한번 볼 수 있었던 택시 바퀴가 진흙 속에 빠져 곤혹을 치르기도 했다. 선명한 진흙 자국을 온몸에 묻힌 택시는 한 생애는 그렇게 몸살 앓듯 지나가는 거라며 신작로를 벗어났다. 이제는 시골 농로까지 포장이 되어 편리하게 되었으나 농촌의 인구가 회복될 기미는 보이지 않는다.

우리나라는 인구의 자연 감소가 다른 선진국에 비해 가파르게 진행되고 있다. 아프리카, 동남아시아 등 회교도 국가는 인구가 늘고 있다. 그들은 산아제한이 없기 때문이다. 그 때문에 일부 선진국에서는 인구가 줄고 있어도 세계 인구는 계속 늘고 있다. 이로 인해 머지않아 인류는 심각한 식량문제에 직면하게 될 것이라고 예측하는 전문가도 있다. 지금도 아프리카 등 일부 지역에서는 기아로 사망하는 사람들이 얼마나 많은가. 식량을 합성하는 기술을 개발해서 이 문제를 풀 수 있을까. 자연 식량이 부족할 때 대체식량이 나올 수 있을까. 인구 문제는 복잡하게 얽힌다. 개별 국가의 입장에서 보면 장기적인 인구 감소가 국가의 장래 문제와 연결된다. 전 지구적 차원에서 보면 인구 증가의 적절한 통제가 필요하기도 하다. 이 문제는 정치가 풀어야 할 것이다.

　우리나라의 경우를 보면 인구가 계속 줄고 있다. 자연 수명의 연장에 따른 노인층의 증가를 고려하면 바로 출산율의 큰 감소를 의미한다. 인구 증가를 억제해야 한다고 정부 차원에서 가족계획 운동을 편 것이 50년도 채 안되는데 다시 출산장려 운동을 하다니 아이러니가 아닐 수 없다. 아이들의 웃음소리가 골목을 눈뜨게 하고 저녁밥을 짓게 했는데 지금은 그 소리가 잘 들리지 않는다. 골목은 시들어가고 밥상에는 재잘거리는 웃음이 사라지고 있어 안타깝다.

　인구의 자연 감소는 노인 복지 문제 등 경제문제로 직결된다. 정부에서 출산 장려금 제도를 도입해 시행하고 있으나 별 효과를 보지 못하고 있다. 장기적으로 보면 우리의 민족국가가 존립할 수 있느냐 하는 문제로 귀착된다. 우리나라는 아직도 상대적으로 단일 민족국가라고 할 수 있다. 지금도 해외 노동력을 수입하고 있는데 인구 감소 문제를 풀지 못한다면 생산 인구는 어떻게 될 것인가. 언젠가는 해외 인력을 대거 수입하지 않으면 안 될 때가 올 것이다. 해외인력 시장은 인구가 많은 동남아 및 아프리카 등 개발도상에 있는 모슬렘 국가가 될 것이다. 출산율이 높은 그들이 들어와서 정착하게 된다면 점차 인구가 늘어나게 되어 우리나라의 인구 구성이 달라지게 되지 않을까. 마치 합중국 미국의 인구가 백인 다수에서 흑인 다수로 역전되는 것과 같은 현상이 일어날 수 있을 것이다.

이번 코로나 전염병 사태를 계기로 우리나라의 미래 경제문제의 해결 방안을 농촌에서 찾아보면 어떨까. 코로나 바이러스의 유행은 인구가 많은 나라와 도시 지역에서 주로 일어나고 있다. 농촌은 대체로 자유롭다. 우리나라의 농촌은 도로 통신 등 인프라가 잘 되어 있다.

이런 농촌을 기반으로 농업을 현대화해서 미래의 식량문제에 대비하고 비대면 사업을 확장해 나간다면 좋을 듯하다. 농촌 지역이 도시보다는 육아 환경도 좋을 것이다. 그렇다면 출산 장려 정책을 보다 효율적으로 시행할 수 있을 것이다. 채송화가 얼굴 환하게 웃고 있는 농촌에서 오종종 천방지축으로 뛰어다니는 아이들의 모습을 꿈꿔 보면 어떨까. 그 들썩거림을 상상만 해도 행복하다. 뒷산의 그림자까지 내려와 웃고 갈 것만 같다. 포화상태가 된 대도시 인구의 분산에도 효과가 있어 주택 가격도 안정될 수 있지 않을까.

전문가들 중에는 코로나 바이러스의 확산은 백신과 치료 약이 개발될 때까지는 멈추지 않을 것이라고 전망하는 사람이 많다. 멈춘다고 하더라도 변종의 바이러스 또는 완전히 새로운 종류의 바이러스가 2-3년 주기로 나타날 것으로 예측하는 사람도 있다.

코로나 사태는 앞으로 우리의 생활 문화를 상당히 많이 변화시킬 것이라고 보는 국내외 학자들이 많다. 지도자들이 비전을 가지고 우리나라 정치와 경제, 사회, 교육 등 제반 분야에서 앞서가는 혁신을 선도할 수 있다면 코로나 위기를 우리나라가 한 단계 도약하는 기회로 승화시킬 수 있을 것으로 기대한다. 아이들의 웃음소리로 들썩이는 농촌을 먼 훗날 만나기를 소망해 본다.

인내의 미학

산 정상 올라서면 세상이 내 것이다
모두 다 내 발아래 다소곳이 엎드리니
황제가 부럽지 않다 이런 쾌감 있을까

인생도 산이런가 험한 골짝 부닥쳐도
인동초 품고 가면 행복이 미소짓네
저마다 걸어온 자취 그리움에 새긴다

■ □ ■ □ ■ □ ■

행복이라는 책의 주 집필자

인생은 만남이 중요하다고 한다. 부모와 자녀, 배우자, 스승, 친구, 직장 동료, 상사와의 만남 등 우리의 삶은 만남과 이별 그리고 관계로 이루어진다. 만남은 또한 책 등 글을 통해서 간접적으로 이루어지기도 한다. 만남과 이별을 이어주는 고리가 관계라고 할 수 있다. 좋은 만남은 꽃씨와 봄의 관계처럼 봄꽃으로 피어나 세상을 환하게 해준다. 좋은 인연으로 피어난 관계라는 꽃은 그래서 더욱 향기로운 법이다. 그 향기가 세상을 살만하게 해준다. 옛 철인의 말처럼 인간은 사회적 동물이기 때문이다. 이들 만남 중 선천적으로 이루어지는 것은 부모 형제와의 만남뿐이고 모두가 후천적으로 이뤄지는 것이다. 이 중 가장 중요한 것은 단연 배우자와의 만남일 것이다. 일반적으로 한평생을 사는 동안 가장 오래 희·노·애·락의 관계를 이어가기 때문이다. 부모와의 만남은 선택의 여지가 없다.

이른바 금수저, 흙수저 타령이다. 그러나 배우자, 스승, 친구 등은 내가 선택할 수가 있다. 그것도 완전 자유자재로 되는 것은 아니지만 어느 정도는 자기의 의지가 개입될 여지가 있다. 자기가 좋아하는 타입의 배우자를 고르고, 좋은 학교를 선택하고, 어렵게 노력해서 좋은 직장에 들어가려고 하는 것은 그만큼 좋은 만남의 환경을 찾기 위해서다.

만남이 좋은 열매라는 꽃을 피우기 위해 비바람 속에서도 꽃대를 밀어 올리는 수고로움을 해야 한다. 꽃대를 밀어 올리는 것이 힘들다고 일하는 낮의 번거로움과 밤의 기다림을 건너뛰어서는 안 된다. 기도로 어루만지는 소망처럼 꽃망울이 맺힐 때까지 묵묵히 꽃대를 밀어 올려야 한다. 모든 관계는 그 꽃대를 밀어 올리는 것처럼 관리를 잘해야 건전한 관계가 유지되고 발전한다. 이 진리는 만남의 기본 뿌리가 되는 부모와 자식 사이, 형제자매 간에도 적용된다. 혈연관계라고 해서 자생적으로 좋은 관계가 유지되는 것은 아니다. 날마다 얼굴을 맞대고 오래 사노라면 서로 부딪치는 일이 자주 생기기 마련인데 이때 관리를 잘해야 원만한 관계가 유지될 수 있는 것이다.

가장 오랫동안 함께 사는 부부관계는 관리가 더 중요하다. 서로 가족 문화가 다른 환경 속에서 성장한 사람들이 만나서 가정을 이뤘는데 어찌 평탄하고 좋은 길만 있겠는가. 때로는 진흙탕 길도, 험난한 가시밭길도 있을 것이다. 이때 관리를 잘하면 비 온 뒤 더 잘 다져진 길이 될 수 있을 것이고 잘못하면 서로 갈라지는 길을 따로 가게 될 수도 있을 것이다.

나는 결혼을 늦게 했다. 1970년대 초에 주변 환경에 쫓기다시피 해서 중매로 결혼을 하게 되었다. 연애 결혼이 싫어서 그런 게 아니고 나의 고집 때문에 결혼이 늦어지면서 그렇게 됐다. 요즘은 남자가 30대 초반이면 결혼 적령기라고 할 수 있지만 그 당시에는 노총각 대장이라고 불릴 정도로 늦은 나이었다. 쥐꼬리 만한 자존심 때문에 적령기를 놓친 셈이다. 나는 결혼을 한다면 일단 경제적으로 자립해서 여자를 고생시키지 않고 밥은 먹여 살릴 정도가 되어야 한다고 생각했다. 그런데 당시 나의 공무원 월급이 그 정도가 못됐다. 그래서 그 시기가 올 때까지 결혼을 보류했다.

요즘 같은 맞벌이 부부가 되는 길도 있었다. 그 길을 간다면 교직을 가진 여성이면 좋을 것이라는 생각도 해봤다. 실제로 좋은 여선생이 있다고 중매가 들어와서 진지하게 고려해 보기도 했다. 고민한 끝에 여자의 맞벌이 보탬으로 생계를 꾸려 나가기는 싫었다. 쓸데없는 자존심이 걸림돌이 되어 포기하고 말았다. 자존심이란 필요한 것이긴 하지만 지나치면 자신에게 물질적으로나 정신적으로 손해를 초래하는 경우가 있다. 좀 고생하더라도 결혼 초기에 맞벌이 생활을 하면 경제적으로는 득이 될 수 있다.

우선 혼자 사는 것보다는 낭비를 줄일 수 있고 또 두 사람이 절약해서 저축하면 생활기반을 빨리 잡을 수 있기 때문이다. 그런데 좋게 말한다면 젊은 패기라고나 할까. 내 마음이 허락하지 않았다. 패기 넘친 갯바람이 팔뚝 굵은 저만의 힘으로 파도를 들어 올려 모래톱에 올려놓듯이 나는 그 당시 상남자처럼 검게 그을린 갯바람이고 싶었다. 갯벌 한 채를 끌어올리는 푸른 바다의 힘이고 싶었다. 내 생각과는 달리 부모님의 성화는 대단했다. 서로 좋아하며 사귀던 여성도 있었지만 내가 결혼을 경제적 독립 시기로 못박아

놓고 있으니까 다 도망쳤다.

이것저것 자로 재는 사이 시간은 기다려 주지 않고 매정하게 흘러 해외 근무 발령을 받았다. 한 달 남짓한 부임 준비 기간이 있었다. 지금은 보통 2-3개월의 시간을 주지만 그때는 짧았다. 이제 더 이상 물러설 공간도 없었다. 또 내가 고집스럽게 지키려고 했던 경제적 자립 문제도 해결될 때가 왔다. 해외 근무를 하게 되면 생계비 걱정은 안 해도 될 만큼 품위 유지를 위한 수당이 지급된다. 결혼해서 짝을 데리고 나가느냐, 혼자서 나가느냐 결정을 내려야 할 기로에 서게 되었다. 나는 그때까지도 결혼 대상으로 정해진 사람이 없어서 혼자 나갈 생각을 했다. 대충 서두를 문제도 아니고 해외에 나가서도 기회는 있을 것이라고 믿었다. 때마침 중매가 들어왔다. 호기심을 가지고 만나보기로 했다.

그동안 찾던 기준에 근접하는 사람이었다. 내 의지가 개입될 수 있는 후천적 만남이라고 해도 보이지 않는 손이 뒤에서 작용하는 것일까. 아니면 내 눈에 뭐가 씌웠는지 무난하게 보였다. 서로에게 젖어들 수 있는 결혼이라는 시간 속으로 성큼 발걸음을 내딛어도 될 듯싶었다. 팽팽하게 조여 오던 노총각이라는 숨막힘이 서서히 사라지는 것 같았다. 더 망설이지 않고 결혼하기로 결심했다. 짧은 시간 내에 양가 간에 형식적 절차를 마친 후 부임 출국 1주일 전에 결혼식을 올렸다. 신혼여행지로 독일을 택한 결과가 되었다. 평생을 함께 살 인생의 반려자인데 시간 여유를 가지고 사귀면서 서로를 알기 위한 낭만적 대화를 해볼 겨를도 없었다. 출국 준비를 위한 여권 신청을 위해 혼인 신고부터 먼저 했다. 젊음의 시간을 낭비하고 정작 중요한 만남의 준비를 위한 시간은 남겨두지 못한 채 허둥지둥 배우자를 맞은 것이다.

독일에서의 생활은 내게는 낯설지는 않았다. 이미 베를린 연수를 다녀왔고 연수 중에 Bonn을 방문한 적이 있기에 친근감도 있었다. 그러나 아내에게는 낯선 이국땅이어서 외롭고 힘들었던 것 같다. 남편이란 사람은 아침에 나가면 저녁에 들어올 때가 많고 주말에는 동료들과 골프장으로 나가버리고 없으니 말도 통하지 않는 사람이 혼자서 어디 갈 곳도, 하소연할 곳도 없어 마음고생이 심했을 것이다.

풋내기 신랑 나는 그런 것은 눈치채지도 못했다. 아내는 그런 것 가지고 바가지 긁는 타입이 아니었다. 다만 마음으로 새기고 참았다는 것을 훗날에야 알았다. 아내는 가정 환경이 서로 다른 긴 골목을 걸어 나와 결혼이라는 한길에서 나에게 젖어들기 위해 많이 아파했다. 한 땀 한 땀 시간을 기우며 아내는 서운한 마음을 다시 덧대어 박음질을 했다. 따로 떨어진 두 마음을 힘들어도 이어 붙여서 박음질해야 하듯 결혼은 서로의 희생이 있어야 한다. 전혀 다른 가족 문화 속에서 성장한 두 사람이 만나서 피차 동화해가는 과정이다. 상대가 나를 위해서 희생하기를 바라지 말고 내가 먼저 상대를 위해 희생할 자세를 가져야 한다. 그러면 상대도 그렇게 되리라고 믿는다. 미완의 인간이기 때문에 그렇게 안 되는 경우도 있지만, 그렇더라도 상대의 변화를 기다리기 전에 내가 먼저 변하면서 상대의 변화를 유도하는 것이 최선이다.

부부는 오래 살면서 인격도, 매너도 심지어 외모까지 닮아간다는 말도 있다. 맞는 말 같다. 같이 살면서 삶의 목차를 함께 정하고 서로의 오탈자를 잡아주며 달콤한 부분에 마음을 모아 밑줄을 긋는다. 드디어 행복이라는 한 권의 책이 완성되면서 서로가 서로의 거울처럼 닮아져 간다. 행복이라는 한 권의 책처럼 서로가 서로에게 좋은 영향을 끼쳐서 좋은 방향으로 변해가는 것이 이상적인 결혼 생활인 것 같다. 40년을 넘게 살면서 때로는 냉전 중일 때도 있었고 다투기도 했지만 아내의 좋은 성품과 인격의 영향을 받아 큰 문제 없이 살았다.

우리 속담에 마누라를 칭찬하는 사람은 팔불출이라는 말이 있다. 아내가 먼저 세상을 떠났기에 지금은 이 세상 사람도 아니고 천국으로 간 사람이니 좀 칭찬해도 용서해 주리라 믿는다. 오래 함께 살았어도 아내의 속을 잘 몰랐다. 인생의 마지막을 깔끔하게 잘 마무리하고 떠난 그 모습이 내겐 감동을 주는 큰 울림으로 남아 있다. 1년 반 동안 투병하면서 가족에게 부담을 덜 주려고 무척 애를 썼던 모습이 눈에 선하다. 얼굴에서 죽음을 두려워하는 표정을 읽을 수가 없었다. 아침에 잘 잤느냐고 인사하면 항상 긍정의 대답을 했다. 그럴 때마다 나는 눈을 쳐다봤다. 혹시 잠 못 자고 울고서 거짓말하는 것은 아닌지 살펴봤다. 아내의 눈에서 운 흔적을 한 번도 본적이 없다. 아내와 함께 써내려 갔다고 생각한 행복이라는 책의 주 집필자가 아내였음을 그때서야 깨달았다.

아내는 삶의 마지막 날까지 행복이라는 책의 제본이 잘못되지는 않을까 늘 살폈던 것이다. 마지막 날까지 의연하고 담대하게 마무리한 아내가 존경스럽고 고맙다.

2019. 6. 30 판문점

색다른 구름이 떠 세인의 시선 모은
휴전선 자유의 집 화려하게 울린 풍악
겉보다 속 알찬 열매 거둘 수가 있을지

잔치의 주인공들 남의 땅 밟고 앉아
주인은 제쳐 두고 자기들 셈만 하네
권력에 취한 사람들 제 살 뜯기 바쁘다.

■ □ ■ □ ■ □ ■

대쪽과 종이학

많은 사람들이 학창 시절에 장래 진로를 놓고 이럴까 저럴까 망설이다가 하나를 버리고 다른 길을 선택한 경험이 있을 것이다.

나도 그들 중의 하나다. 대학 진학을 앞둔 고등학교 2학년 때부터 법학과 등 두 개의 학과를 목표로 시험 준비를 했다. 그 당시 서울의 S대를 가려면 제2 외국어를 필수로 선택해야 하는 학과가 많았다. 보통 독일어 아니면 불어였다. 시골 학교는 독일어를 교과 과목으로 가르치는 데가 많았다. 우리 학교도 그랬다.

결국 나는 법학과와 독문과 중에서 어느 하나를 선택해도 똑같은 과목을 공부해야 했다. 법대를 지원해도 선택과목인 제2 외국어가 독일어였고 독문과는 당연히 그랬으니 최종 결정은 입학 지원서 낼 때 결정하면 되었다. 그러나 내 마음은 법학 쪽에 더 기울어져 있었다. 약자들의 억울함을 풀어주는 법관은 학처럼 고고해 보였다. 속으로 삭힌 짜고 떫은 아픔들이 흰 빛의 학처럼 빛날 때까지 법관은 많은 시간을 인내했을 것이다. 그 길을 나도 가고 싶

었다. 그 시대에 S대에 합격한다는 것은 명예와 돈 둘 다 거머쥐
는 거나 다름없었다. S대 등록금이 사립대학의 반도 안 되는 때였
다. 그런데 문제가 생겼다. 고1 때는 독일어를 실력 있는 선생님에
게서 배웠는데 그 선생님이 다른 학교로 전근 가시고 후임 선생님
은 오지 않았다. 내게는 맑은 하늘에 날벼락이 친 셈이다. 안심하
고 달렸던 도로가 순식간에 사라지고 아찔한 벼랑이 만들어진 듯
예기치 않은 상황이 벌어진 것이다. 나는 벼랑 끝에서 조심조심 뒷
걸음질치며 물러서야 했다. 하지만 물러서고 싶지 않았다. 숨은 날
개의 힘을 믿고 공중으로 날고 싶었다. 고민 끝에 나는 독일어를
혼자서 공부하기로 했다. 1-3학년 교과서를 통째로 암기할 정도로
공부하고 일본의 세끼꾸찌가 쓴 참고서 번역본을 가지고 씨름하면
충분할 듯했다. 어떻든 S대를 결코 포기할 수는 없어서 탐험대처
럼 독일어를 붙잡고 늘어진 것이다.

　마침내 입학원서 쓰는 계절이 다가왔다. 많은 노력에도 불구하고
마음이 답답했다. 사는 곳이 지방이라서 입시정보도 어두웠다. 예
상 문제집을 풀어보았으나 답답증은 풀리지 않았다. 여기서 내 오
기가 발동했다. 독일어 때문에 고생을 했으니 떨어지더라도 독문과
를 지원하겠다는 생각이 자리를 잡았다.

　이렇게 해서 나는 S대 독문과를 가게 되었는데 학계는 별로 매
력이 없어 보였고 내 성향은 공무원 쪽인 것 같았다. 군 복무를 마
친 후 우연히 외무공무원을 뽑는다는 공고문을 봤다. 번개처럼 준
비했는데 다행히 붙었다. 34년 동안 국내와 해외를 유랑하면서 부
정과 불의에 타협하지 않고 맡은 일을 해냈다. 주변 사람들로부터

대쪽 같다는 말을 들으며 한 길을 걸었다. 행운이 따라 대사직까지 마치고 은퇴했다.

이따금 옛 추억을 더듬어 본다. 가지 못한 길에 대한 미련이랄까. 날지 못한 종이학처럼 꿈을 접은 법학과는 가끔씩 내게 손짓을 한다. 종이학의 날개에 힘이 붙어 파란 하늘을 나는 상상을 하듯 법대에 입학한 법학도의 모습을 그려본다. 만약 법대에 가서 사법고시에 합격해 법관이 되었다면 어떻게 되었을까. 다른 건 몰라도 학처럼 깨끗하고 강직하다는 소리는 들었을 것 같다.

* 이 글은 월간 샘터 2020년 6월호 특집 공모에 채택되어 축약 게재된 바 있음.

초원의 말발굽 소리

제3부
자연과 더불어

초원의 말발굽 소리

한 여름밤에

어스름 깔린 무대 천둥이 서막 열고
현악이 뒤따르니 합주가 펼쳐진다
이 세상 최고 음악제 순 자연산 축제장

기막힌 연출 솜씨 가뭄 땐 비도 뿌려
수시로 던져 주는 현란한 칼춤 조명
장관에 잠못 이루다 어느 사이 환호성

■□■□■□■

지구를 구하자

　루게릭병으로 한평생 불편하게 살면서 세인을 놀라게 했던 영국의 세계적인 천체물리학자 스티븐 호킹 박사는 수년 전에 이렇게 예언한 바 있다.

"인류는 수십 년 안에 지구를 떠나지 않으면 안 될 것이다"

　그리고 나서 마치 자기가 솔선수범이라도 하듯이 사망이라는 우주선을 타고 지구를 탈출했다. 호킹 박사의 한생이 담긴 듯한 사망이라는 우주선만이 우리에게 남은 유일한 탈출구일까. 생태계의 불안정함과 개발의 억지가 서로 아슬아슬하게 맞물린 지구의 아픔이 느껴져서 안타깝다. 호킹 박사의 슬픈 예언이 맞을지는 모른다. 내일이라는 죽음의 비극은 멀수록 가깝기에 지구의 회복을 위해 노력하지 않는 한 지구의 종말은 물러서지 않을 것이다. 그가 그런 예언을 하게 된 배경은 지구의 환경이 근세에 들어와서 급속도로 나빠지면서 급기야 사람이 살 수 없는 상태가 될 것이라는 가설에 근거한 것이다.

호킹 박사의 예언을 뒷받침이라도 하듯이 최근에도 비슷한 지구 환경 변화에 대한 연구 보고서들이 언론에 보도된 바 있다.
"홍콩 등 세계 10여 개 도시들이 30년 후에는 사람 살기가 어렵게 될 것이다."

　지구의 종말을 연예계 가십거리 다루듯 언론에서 종종 봐야 하는 현실이 참담하다. 지구의 온난화로 인해 생태계의 파괴가 급속도로 빠르게 진행되고 있다. 극지방의 빙하가 녹으면 해수면의 높이가 50cm 정도가 높아진다는 것은 이미 오래전부터 환경론자들이 주장해 온 바이다. 녹아내린 빙하 속에서 냉동되어 있던 바이러스 등 세균들이 방출될 경우 지금 우리가 겪고 있는 코로나 바이러스로 인한 피해 같은 위기가 수시로 닥칠 수 있다는 것이다. 불 꺼진 빈방처럼 슬픔의 힘으로 살아가야 할지도 모른다. 죽음 같은 막막한 시간들만 우리를 기다리고 있을지 모른다. 동물과 식물도 기후변화에 적응을 못 해 머잖아 사라지게 될지도 모른다.

　문제는 더 늦기 전에 지구상의 공동 운명체인 인류가 함께 마음을 모아 우리의 집인 지구를 보존하기 위하여 최선의 노력을 기울여야 한다는 것이다. 여기에는 모든 국가가 참여하되 특히 국제 정치적으로 영향력이 있는 강대국들이 정치적 리더십을 발휘하여 적극적으로 끌고 가야 한다. 유엔의 역할 중 환경 분야 업무를 더욱 확대 개편해서 강대국들이 참여하여 실효성을 확보하는 것이 좋을 것이다. 이런 상황에서 경쟁적으로 가공할 대량 살상 무기를 만들어서 영토를 확장하고 패권을 잡는 것이 무슨 의미가 있겠는가. 봄꽃처럼 아름다운 지구가 참혹해질 것이다. 핏물 든 지구의 두 손이 아파 하늘도 바다도 땅도 그렁그렁 눈물을 흘릴 것 같아 서글프다.

지구가 멸망의 길로 달려가고 있지 않은가. 처참하게 허물어지는 지구의 꽃빛에서 피 냄새가 나는 듯하다. 지구의 몸을 관통하는 슬픔이 어렴풋한 저편까지 울컥 번져 아프다.

달, 화성 등의 우주탐사가 지구의 종말에 대비한 인류의 우주 이민을 위한 준비 작업이기도 할 것이다. 그렇다고 하더라도 우주 식민지 개척에 드는 비용이 지구를 보존하기 위한 비용보다 훨씬 더 크지 않을까. 그런 시각에서 나는 지구의 생명 보전을 위한 대책이 우선적으로 고려되어야 한다는 것을 강조하고 싶다. 우리가 사는 집인 지구의 보존을 위하여 몇 가지 대책을 제안한다.

첫째, 자연보호 운동의 전개이다. 어렸을 때는 자연보호라는 것이 무엇인지 몰랐다. 나는 어려서 그랬다고 하더라도 어른들도 몰랐던 것으로 기억한다. 그때는 먹고 살기가 어려워서 그런 데다 신경 쓸 겨를도 없었다. 시골에 사는 사람들은 집에 땔감이 없어 산에 자라고 있는 어린나무를 베어다 아궁이에 넣고 불을 지피는 것을 많이 봤다. 나는 나뭇가지가 Y자형으로 된 것은 무조건 베어다가 고무줄 새총을 만들어 놀곤 했다. 지금 와서 생각하니 얼굴이 화끈거린다. 연탄이 나오고 산림녹화 운동이 거국적으로 벌어지면서 이런 현상은 점차 사라지고 붉은 민둥산들이 푸른 나무 옷을 입게 되었다. 그러나 지금은 새로운 형태의 자연 파괴 현상이 일어나고 있다. 산을 무분별하게 깎아서 건축물을 세운다. 신도시 개발, 관광지 개발 등 제각각 명분을 내세우지만 환경에 미치는 영향에 대한 합리적 평가도 없이 여기저기서 난개발 현상이 벌어지고 있다. 그런 현장을 볼 때마다 눈앞의 이익만을 생각하며 행동하는 개인도 문제지만 관리 책임이 있는 당국은 뭘 하고 있는지 안타깝다. 지구의 등뼈 같은 숲이 파헤쳐져 새들도 바람도 숨결이 희미해져 가고 있다. 개발붐이 불 때마다 지구라는 한 생(生)이 휘청거리며 죽어가고 있다.

유럽을 자동차로 여행하다 보면 나라별로 산야의 색깔이 다르다. 서유럽 국가들은 다 선진국 그룹에 속한다. G7 중 이태리와 프랑스가 다르고 독일과 프랑스 또한 차이가 난다. 법질서 잘 지키기로 전통이 있고 경제적으로도 가장 잘 사는 독일의 땅이 제일 푸르고 기름져 보인다. 땅의 비옥도에 차이가 있어서일까. 아니라고 생각한다, 독일이 관리를 제일 잘하고 국민의 자연보호 의식이 강하기 때문일 것이다.

둘째, 자원 절약이다. 자원은 한정된 자산이다. 땅속에 매장된 지하자원이 언젠가는 고갈될 것 아닌가. 광물 자원은 물론이고 우리 일상생활에서 많이 사용하는 필수품의 원재료가 되고 동력의 근원이 되는 석유 자원도 우주에서 공급받지 않는 한 유한한 것은 마찬가지다. 그것을 다 소진하면 다음은 어떻게 할 것인가. 뿐만 아니라 석유를 채취하고 대신 물로 그 공간을 메운다고 해도 물과 석유는 비중이 다른데 지구의 중력은 변하지 않을까. 지질학도는 아니지만 그런 점이 걱정될 때도 있다. 부질없는 생각일까. 지구의 수명을 연장하려면 그만큼 자원을 절약해야 할 것이다. 자원 절약은 우리의 일상생활에서 시작되어야 한다. 물, 에너지(전기, 도시가스, 석탄 등), 음식 재료, 종이, 비닐, 플라스틱 등 일일이 열거할 수 없을 정도로 많다. 이런 작은 것들을 작다고 무시하고 펑펑 써서 쓰레기를 양산하면 결국 자원고갈의 시간이 빨리 올 수밖에 없다. 얼마 전 언론 보도에 의하면 필리핀에서 우리나라 기업이 수출한 쓰레기를 되가져가라고 했다. 쓰레기 버릴 장소가 없어서 외국에 판 것 아닌가. 아마도 OECD 국가 중 우리나라가 쓰레기 양산 국가로 최상위권에 들지 않을까 싶다. 우리 전통음식은 쓰레기가 많이 배출되는 음식이다. 한때 음식쓰레기 줄이기 위해서 식단 간소화 운동을 벌였던 적이 있었는데 얼마 못 가서 흐지부지되고 말았다. 한국인의 정서는 작은 일에 세심하게 신경 쓰면 쩨쩨하다고 한다. 그건 크게 잘못된 인식이다. 능소능대(能小能大)란 말이 있듯이 작은 일을 잘하는 사람이 큰일도 잘하는 법이다. 작은 일 하는 것을 귀찮게 생각하고 싫어하는 사람의 궤변일 뿐이다. 앞에 지적한 두 가지 대책은 단기적으로 당장 실행해야 할 일이다.

셋째, 교육이 중요하다. 교육 없이 이뤄지는 것은 아무것도 없다. 어렸을 때부터 가르쳐야 한다. 학교뿐만 아니라 가정에서도 가르쳐야 한다. 학교보다 집에서 생활하는 시간이 더 많기 때문에 가정교육이 중요한 것이다. 자연보호와 자원 절약은 동전의 양면과 같이 뗄 수 없는 관계이다. 보호하기 위해서는 절약을 해야 되고 절약하면 결과적으로 그 효과가 보호로 나타난다. 교육은 보호와 절약을 효율적으로 할 수 있게 하는 기본과정이다. 교과 과목에 필수로 포함시키고 성과도 측정해야 한다.

넷째, 습관화 및 생활화되도록 해야 한다. 자연보호와 자원 절약은 일회성 또는 단기성으로 끝날 일이 아니다. 누구나 장기적으로 한평생 실천해야 할 일이다. 어려운 일 아니다. 어렸을 때부터 습관화되어서 일상의 생활로 이어지면 몸에 배어서 반사적으로 행동하게 된다. 그것이 한 지역 주민 내지는 국민 전체로 확산될 때 자연보호와 자원 절약 문화가 형성되는 것이다. 그래서 이는 장기적으로 꾸준히 추진해야 할 과제다. 먹고 마실 때 양이 많든 적든 습관적으로 남겨서 버리는 사람들이 있다. 습관이 잘못 들은 탓이다.

자연보호와 절약 문화는 대체로 선진국들에서 볼 수 있다. 뉴질랜드 예를 들면 바다에서 전복을 딸 때 10cm 이하 크기가 잡히면 다시 바다로 되돌려 보내야 한다. 그렇지 않고서 검사원에게 발각되면 관련 법에 따라 벌금을 물게 되어 있다. 해양 생태계에 생기와 온기를 불어넣는 작은 몸짓이 느껴져 흐뭇하다. 그 작은 바다를 다시 파랑파랑 출렁거리게 할 것이다. 물새가 갯바람 가득한 하늘의 한 페이지를 넘기며 날아오를 것이다.

유럽 국가들 특히 독일은 법체계가 잘 되어 있고 법 집행이 철저하여 산림의 불법 개발, 어족의 불법 남획 같은 건 상상할 수도 없다. 이민 초기의 한국 교민들은 현지의 법을 잘 몰라 경찰과 마찰을 빚은 경우도 적지 않았다.

우리나라는 경제, 과학 기술, 의료 등의 여러 분야에서 선진국 수준에 있으나 법질서 준수, 공중도덕, 자연보호, 자원(물자) 절약 등 분야에서는 국민 의식 수준이 아직 미진한 상태라고 본다. 기상 이변을 비롯하여 지구의 생태계가 급속히 파괴되어 가는 현실을 똑바로 인식해야 한다. 우리가 사는 집인 지구를 구하기 위하여 우리 국민 모두가 자발적으로 참여하는 시대가 오기를 기대한다. 봄꽃이 앉은 그 자리가 지구의 번지수가 되어야 한다. 몰래 숨어 피는 아픔이 있어서는 안 된다. 갯바람을 파랑파랑 감은 물고기가 내년에도 먼 훗날에도 금빛 물결로 출렁이게 해야 한다. 봄꽃과 물고기들과 새소리로 지구라는 집을 꽉 채워야 한다.

감꽃

노란 종 떨어지면 어릴 적 간식거리
서둘러 주워 모아 청실에 꿰놨다가
허기진 배를 달래며 보릿고개 넘었지

눈앞에 아롱대는 철부지 유년 시절
또렷이 남은 자국 촉촉한 그리움아
종착역 향해 달리는 여행 자락 청량제

■ □ ■ □ ■ □ ■

안전 의식 문화의 씨를 뿌리자

　사고가 터질 때마다 소 잃고 외양간 고치는 식으로 원인 분석, 사후 대책 등 요란하게 법석떨곤 한다. 시간이 지나면 다시 느슨해져서 유사한 사고가 되풀이된다. 뭔가 근본이 잘못되어 있다는 것을 말해주는 것이다. 그 근본은 국민의 안전의식이다.

　선진국 국민에 비하면 우리나라 국민의 일반적 안전의식은 상당히 낮은 편이다. 그것을 상징적인 말로 표현하면 대충대충, 빨리빨리다. 마음의 다급함이 일의 속도를 앞지르기에 '안전'이라는 두 글자의 따뜻한 교감을 깊이 있게 읽어내지 못한다. 따뜻한 그 교감을 읽어내지 못하면 평화는 사라지고 위험한 속도만 남아, 끝내 내 가족과 이웃의 삶을 송두리째 무너뜨릴 수 있다. 도로, 건축물 등 토목, 건설공사를 비교해 보면 알 수 있다.

　한때 우리나라가 경부고속도로를 세계에서 가장 짧은 시간 내에 완공했다고 자랑했던 적이 있다. 나중에 들리는 말이 표준 내구기간 중에 파손된 곳 보수 비용이 건설비보다 많이 들어갔다는 것이다. 세계에서 고속도로가 가장 잘 되어 있다고 하는 독일은 공사 진척 속도가 느린 편이다. 느림의 미학이 건설에 안전을 불어넣어 행복한 독일의 삶을 뒷받침해주고 있다. 느림에는 놓쳐 버릴 수 있는 것들을 다시 들여다볼 수 있는 힘이 있다. 그 힘으로 안전한 사회가 만들어진다. 자연적으로 지반이 다져지는 느림의 시간에다 완벽한 시공을 위해 공사 진행 과정마다 충분한 공사 시간을 잡아 매뉴얼대로 공사를 하기 때문이다.

안전(安全)이란 말의 뜻을 풀이하면 편안할 안에 온전할 전이니 온전히 편안하다는 뜻이다. 적당히 편안한 것이 아니고 완벽하게 편안하다는 것이므로 빈틈이 있으면 안 된다. 100%의 안전을 보장하려면 목표를 100%에 맞춰서는 안 되고 120에 두어야 한다. 그래야 100을 여유 있게 달성할 수 있는 것이다. 전쟁터에서 방어 작전 시 지휘관은 병사들에게 사격 구역을 지정해 준다. 이때 옆에 있는 병사 간에 전방의 사격 구역 일부가 중첩되도록 해야 한다. 그래야 전방이 100% 커버가 된다. 그렇지 않으면 실제의 전투에서 전방에 구멍이 생기게 되는 것이다. 선진국 사람들은 안전 의식이 몸에 배어 일상생활에서 습관화되어 있다. 특히 독일이 그렇다. 일상생활에서 안전 마인드가 습관화되지 않으면 사고가 잉태되어 있는 거나 마찬가지다. 안전 의식이 구체화되어 있으면 위험요인이 나타날 때 동물적 감각으로 그것을 인지하게 된다. 물론 그렇다 해도 인간이기에 한계는 있는 것이다. 재난, 안전사고 대책이라고 해서 모든 것을 한꺼번에 단기적으로 해결할 수는 없다. 단기와 장기로 나누어 안전 의식의 생활화를 통하여 문화로 정착시켜야 한다.

장기적인 계획과 추진이 필요한 이유다. 우선 단기적으로 해야 할 것부터 찾아보자.

첫째, 안전 관련 법규의 철저한 준수 및 미비한 법령의 정비다. 현행 법령 중 제대로 지켜지는 것이 과연 얼마나 될까. 형식적으로는 지킨다고 해도 실효성이 담보되는 정도가 될까. 화재 예방을 위한 소방관리법은 잘 준수되고 있는가. 도로교통법상 오토바이가 인도를 달릴 수 있는가. 오토바이는 교통신호를 무시해도 위법이 아닌가. 오토바이 사고로 인해 병원에 입원해 있는 노약자들이 많다는 것을 당국은 알고 있는가. 안전 관련 법이 지켜지고 있지 않은 것이 너무나도 많을 것이다. 법령이 미비된 것이 있다면 하루속히 법 제정을 서둘러 보완해야 할 것이다. 안전 관련 법은 가족들을 안전하게 품어주는 어머니처럼 모법(母法)과 같다. 그 모법 아래 건축법과 도로 교통법이 있어야 한다. 어머니의 품 안에서 자식들이 안전하게 성장하듯이 안전법 아래 우리 국민들은 행복하게 살아갈 수 있다.

둘째, 주요 안전 부서에 전문 인력을 배치하고 책임자는 가급적 여성으로 임명하는 것이 좋겠다. 일반적으로 여성은 남성에 비교해 섬세하다. 대충대충 하지 않고 꼼꼼히 챙기는 편이다. 안전에 있어서 이점은 매우 중요하다. 우리가 코로나 19 전염병을 겪으면서도 경험하지 않았는가. 세계의 많은 나라 중 이른바 코로나 방역 모범국이라고 말하는 대만, 뉴질랜드, 독일 등 국가들의 지도자가 여성인 것은 단지 우연으로만 볼 수는 없을 것이다. 세계 많은 나라로부터 코로나 방역 잘한다고 칭송 받고 있는 우리나라의 질병 관리

본부장도 여성이다.

　장기적 대책으로서는 안전 교육을 강화해야 한다. 유치원부터 시작하여 초, 중, 고등학교까지 교과 과정에 안전 교육을 포함시킬 필요가 있다. 어렸을 때부터 성인이 될 때까지 안전 교육을 받고 어느 정도는 몸에 배도록 해야 한다. 교육은 학교 교육으로 끝날 일이 아니다. 가정교육이 병행되어야 한다. 부모가 솔선수범하면서 가르쳐야 한다. 이 점은 유럽의 선진국, 특히 독일을 벤치마킹하면 좋을 것이다. 그들은 자기네 아이들이 공공장소에서 질서를 안 지키고 위험한 행동 하는 것을 그대로 두고 보지 않는다. 반드시 제재를 가하여 남에게 또는 사회에 해를 끼치는 일이 없도록 단속한다. 한국은 어떤가. 애들이 천방지축으로 뛰고 놀아도 그대로 둔다. 하지 말라고 제지하면 아이 기죽는다고 하면서 아이를 역성든다. 사소한 일인 것 같지만 이런 차이가 각기 사회의 안전도를 측정하는 기준이 될 수도 있다.

　1994년 1995년 연이어 우리나라에서 대형 붕괴 사고가 일어났다. 성수대교, 삼풍백화점 붕괴 사건이다. 인명 피해도 컸다. 그 당시 나는 독일 함부르크에 살고 있었다. 성수대교 때는 짧은 시간에 압축 성장 과정에서 있을 수도 있는 일이겠지 했는데 1년 사이 두 번째 삼풍 사고 소식을 접하자 마치 둔기로 뒤통수를 한 대 얻어맞은 것처럼 머리가 멍했다. 이제 경제적으로는 중진국을 넘어 선진국의 문턱에 와 있는데 어처구니없는 큰 사고가 1년 사이에 연발하다니, 분명 뭔가 잘못되어 가고 있는 것 같았다. 나는 독일의 토목, 건축공사는 어떻게 하는지 한번 구경하고 싶었다. 마침 우리 집 앞 도로 밑에 매설된 대형 하수관 교체 공사를 하고 있는 것이 눈에 들어왔다. 현장 소장에게 내 관심 사항을 이야기하고 시공 현장을 구경하고 싶다고 말하니 쾌히 승락했다. 하수관은 직경이 내 키보다도 더 커서 그 안에서 걸어 다닐 수 있을 정도였다. 설계도를 걸어 놓고 공사를 치밀하게 하고 있었다. 125년 만에 교체공사를 한다고 했다. 나는 기술적인 것은 모른다. 새것처럼 보이는 설계도가 눈에 들어왔다. 너무 깨끗해서 설계도가 몇 년이나 된 것이냐고 물었다. 처음 매설할 때 작성한 것이니까 125년 된 거라고 했다. 놀랄 수밖에 없었다. 우리나라는 어떤지 모른다. 왠지 얼굴이 화끈거리는 것 같았다. 그처럼 오래된 설계도를 놓고 거기 맞춰 가며 한 땀 한 땀 수를 놓는 규수처럼 공사하는 것을 보니 다른 부분은 보지 않아도 알 것 같았다. 독일인들에게 안전 의식은 태어나기 전부터 몸에 새겨진 습관 같은 것일까. 저 설계도는 내가 살아 보지 못했던 독일인의 시간과 의식을 이야기해 주고 있었다. 어떻게 하면 시민들의 안전이 지켜질 수 있는지 증명이라도 하는 듯 설계도는 새것처럼 깨끗했다.

2년 전에 나는 지상 4층 지하 1층(주차장)의 가족 공동 주택 건물을 지었다. 설계자가 가족이기 때문에 모든 것을 믿고 시작한 것이지만 나로서 관심을 가지고 챙기고 싶었던 것은 철근과 콩크리트(시멘트) 사용을 건축법규대로 하고 있는지였다. 그러나 그것들은 내가 알 수 없었다. 아무리 눈을 크게 뜨고 봐도 그들이 속이기로 작정하면 속을 수밖에 없을 것 같았다. 오직 콩크리트 양생 기간만이 내가 알 수 있는 것이었다. 그것은 밖으로 드러나기 때문이다. 현장 소장에게 양생 기간의 국제 표준과 우리나라 현실이 뭔가 물으니 전자는 3, 4주, 우리나라는 1주라고 했다. 큰 차이가 난다. 거기서 건축물의 안전도가 결정되는 것 같았다. 서양에는 역사적인 건물 말고도 고색창연한 주택가 건물들은 1백 년 넘은 것들이 많다. 우리나라에서는 50년도 안 되어 재개발하지 않는가.

오래된 역사적 건물로 보존되는 건축물들은 단기간 내에 완공된 것은 별로 없다. 수십 년 또는 수백 년에 걸쳐 완성된 것이다. 독일 쾰른에 있는 대성당은 고딕 양식의 건물로 1248년부터 시작하여 약 600년에 걸쳐 오늘의 모습이 완성되었다고 한다. 안전사고 예방에 철두철미한 건축예술 문화에서나 볼 수 있는 현상이라고 할 수 있다. 안전이라는 푸른 기운을 상속하고 상속받는 독일들, 그 아름다운 상속이 평화로운 일상을 지켜준다. 안전 의식의 생활화는 어쩌면 우리나라가 선진국으로 가는 마지막 관문인지도 모른다. 대충대충 빨리빨리 문화를 청산하고 아름답고 오래도록 보존될 수 있는 예술적인 건축물들을 지어 역사에 기록될 수 있는 날이 오기를 기대해 본다.

물고기의 피크닉

대도시 한강 살기 때때로 답답한지
반포천 새 물 찾아 소풍 온 물 친구들
사람과 장난하자고 어디론가 숨었다

그들은 사람 구경 우리는 그들 관객
피차가 처지 바꿔 즐기면 좋은 거지
어차피 우주 만물은 한 핏줄에 한 형제

■□■□■□■

산책

집 가까이에 마음에 드는 산책길이 있다는 것은 행운이다. 집이란 게 자주 쉽게 옮길 수 있는 것이 아니고 특별한 경우를 제외하고 한번 이사하면 적어도 몇 년씩은 살기 마련이다. 그 몇 년이란 것은 인생의 중요한 부분이고 우리의 건강 상태가 좋아질 수도 있고 나빠질 수도 있는 시간이다.

노을이 걸린 저녁을 올려다보며 걷는 산책은 비용이 들지 않고 가장 손쉽게 할 수 있는 건강관리의 좋은 방법이다. 비가 오든 눈이 날리든 아랑곳없이 산책을 즐기는 사람들이 있다. 부지런하고 좋은 습관을 들인 사람들이다. 오래 익은 이야기들이 흥얼거리는 산책길을 걷다 보면 덩달아 흥겨워진다. 산책은 가장 느린 걸음으로 당신과 내가 푸르러질 수 있다.

베트남의 유명한 스님 틱낫한은 '화'라는 책에서 화를 다스리는 좋은 방법은 걷는 것이라고 했다. 달리 표현하면 산책을 즐기라는 말이다. 모두가 앞으로 달려갈 때 잠시 걸음을 늦춰 한쪽 굽만 닳은 감정을 들여다볼 필요가 있다. 뒤엉킨 아픔들이 달라붙어 한쪽 굽만 더 이상 닳지 않게 감정을 보듬어줄 필요가 있다. 공기 좋은 오솔길을 걸으며 새소리 듣고 따스한 햇살을 걸친 푸르른 나무들과 대화한다는 것은 미상불 천국이다. 아무리 화가 머리끝까지 올라왔다고 해도 이런 분위기 속에서 몇 분만 걸으면 마음이 편안해지고 주변의 모든 것들이 다 나를 위해 존재하는 것처럼 보인다.

우리 집에서 가까운 거리에 반포천 산책길이 있다. 반포천은 서초구에 있는 우면산에서 발원하여 한강으로 합류하는 4.8km 길이의 지방 하천이다. 이 하천을 따라 강남 고속버스 터미널에서 동작역을 거쳐 한강 둔치를 지나 반포대교 밑으로 조성된 산책로이다. 내가 주로 이용하는 구간은 고속버스터미널과 동작역 사이에 있는 왕복 1시간 거리의 구간이다.

이 길은 두 개의 코스가 있다. 하나는 반포천 제방 위로 양쪽에 큰 나무들이 늘어선 폭 7m 정도의 길이다. 이 길은 노면이 걷기에 편하도록 우레탄을 깐 보도와 아스팔트의 자전거길로 되어 있다. 다른 코스는 제방 아래로 물길 따라 이어진 더 넓은 길이다. 나는 이 길을 주로 이용한다. 넓고 확 트여서 좋고 물속에서 놀고 있는 잉어, 메기, 가물치 등 물고기와 오리, 왜가리 그리고 비둘기, 까치 등 새 친구들을 보며 걷는 것이 좋다. 때로는 그들과 나만의 방식으로 대화도 한다. 제방 위에 철 따라 피고 지는 예쁜 꽃들도 모두가 나에게는 좋은 친구가 된다. 이 친구들은 나의 사진 촬영 실습을 위해 피사체가 되어준다. 몇 년 전에 사진 촬영법을 배웠는데 그때는 시간이 없어서 출사 실습을 많이 못 했다. 이론은 들을 때는 이해했지만 지금 찾아보려니 강의실 떠나면서 다 반납해 버린 것 같다. 남아 있는 것은 피사체, 구도, 원근 등 몇 개뿐이다. 자꾸 셔터 누르는 연습을 많이 해서 좋고 나쁜 걸 비교해 가면서 실습을 반복해야 발전하는데 그렇게 못 했다. 이제 습관적으로 하는 산책 기회에 연습할 수 있으니 그나마 다행이다.

산책하면서 마음이 편안하고 다리 근력 운동하니 건강에 도움이 되는 것은 물론 자연으로부터 보고 배우는 것도 많다. 생각의 뒤편까지 환해지는 깨달음이 문득문득 다가올 때가 있다. 새소리와 바람이 깃든 들꽃에서 그동안 잊고 있었던 하늘의 여백이 만져지는 것 같아 평온하다.

오리가 요즘 출산 장려 운동을 하는지 새끼들이 부쩍 수가 늘었다. 어느 오리는 3-4 마리 새끼를 데리고 다니는가 하면 다른 것은 8-9 마리도 거느리고 다니기도 한다. 새끼들은 어미 오리가 데리고 다니면서 보살피지 아비 오리가 함께 다니는 걸 본 적이 없다. 암탉이 병아리를 품어 키우고 수탉은 육아에는 전혀 신경 안 쓰는 것과 마찬가지다. 짐승의 세계는 철저하게 암수의 역할이 구분되어 정해져 있는 것일까.

물고기는 기본적으로 흐르는 물을 거슬러 올라가는 본능이 있는 것 같다. 한강으로 흘러가는 물을 거꾸로 거슬러 와서 반포천에서 놀고 있는 물고기들을 보고 있노라면 재미가 쏠쏠하다. 얕은 물이 돌을 넘어서 흘러내리면 그걸 거슬러서 물고기가 돌을 넘기 쉽지 않다. 그런데 몇 번을 실패해도 계속 시도해서 기어코 성공한다. 나는 어렸을 때 물고기의 이런 역류성을 이용하여 방죽 아래 도랑에서 송사리, 붕어 새끼를 많이 나포했던 추억이 아른거린다. 비가 많이 내릴 때는 방죽 물의 수위 조절을 위하여 수문을 열어둔다.

그러면 도랑으로 흐르는 물을 거꾸로 타고 올라오는 물고기들을 포획하기 좋은 기회가 온다. 도랑은 대체로 물이 고여 있어서 좌우 언덕 아래로 풀이 무성하다. 물풀은 도랑물이 빠져나가지 못하게 멱살 잡고 있는 듯 서로 엉켜 있다. 스크럼을 짜듯 물풀의 어깨가 서로 맞닿아 있다. 물이 흐르면 물고기들이 풀 사이로 흐르는 물을 거슬러서 올라온다. 이때 물고기들이 잘 모여드는 자리에다 어레미나 소쿠리를 물속에 내리고 있으면 물고기들이 그 안으로 모여드는데 때맞춰 들어 올린다. 보통 송사리나 새끼 붕어들이 걸려들었다. 봄볕 터진 들녘 너머로 죽지를 털고 날아오르는 바람이 시원했다. 동네 아이들과 함께 깔깔거리는 웃음이 덩덜아 퍼덕였다.

산책 중 만나는 친구들로 견공들을 빼놓을 수 없다. 종류도 다양하다. 귀엽고 작은 푸들, 중국 황실 개로도 알려진 시츄 등 순하게 보이는 강아지들로부터 얼굴이 험상궂게 생긴 불독 종류 등 덩치가 커서 보는 사람에게 불안감을 줄 수 있는 개들도 보인다. 요즘은 애완견을 기르는 사람들의 수가 부쩍 늘어서 관련 산업도 제법 활기를 띤다고 한다. 심지어 애견 유치원에 호텔까지 보인다. 나는 1972년 첫 해외여행 시 독일을 방문했을 때 견공 호텔을 본 일이 있다. 그 당시 우리나라는 국민소득 1천 달러도 안 되는 후진국이었다. 애완견이라기보다는 시골에서 단백질 보충을 위해서 식용으로 개를 기르는 시대였다. 그랬으니 개를 위한 호텔이 있으리라고는 상상도 못 했었다. Bonn에서 길을 가다가 Hunde Hotel 이라는 간판이 눈에 띄었다. Hunde는 개라는 뜻이니까 문자적으로 해석하면 뜻은 개 호텔이 맞다. 그런데 그렇지는 않을 것이고 고유명사로 쓴 것인가 하고 나 혼자서 생각했다. 나중에 물어보니 여행가는 사람들이 애완견을 맡겨 놓고 가는 호텔이라는 것이었다. '개는 사람에 애착을 느끼고 고양이는 장소에 애착을 느낀다'는 말이 있다. 대학 시험 준비하다가 영어 참고서에서 보았던 말이다.

나도 한동안 시츄를 길러본 일이 있는데 정말이지 강아지는 귀엽다. 봄바람에도 귀를 쫑긋거리는 강아지는 하루치의 아픔을 단번에 무너트려 준다. 나를 쳐다보며 강아지의 앞발을 들어 올리는 그 마법에서 헤어나오기란 쉽지 않다. 볕에 앉아 졸고 있는 강아지를 보고 있으면 온 세상이 평온하다.

자식은 야단치면 삐져서 옆에 오지도 않는데 강아지는 혼내도 언제 그랬냐는 듯이 부르면 꼬리치며 다가온다. 조건 없이 충성한다. 조금은 멍청해서 아무나 데리고 가도 따라가는 것은 옥에 티다. 애지중지 키우다가 아내가 천국 간 후 더 이상 책임질 처지가 못 돼서 동생 집으로 입양 보냈다.

함께 사는 공동체 사회에서 남을 배려하는 마음이 중요하다는 것은 강조할 필요가 없는 진리다. 산책하다 보면 그 배려하는 마음이 확연히 보인다. 공중도덕을 지키는 자세, 자연을 훼손하지 않으려고 마음 쓰는 태도가 좋은 사람들이 많다. 자기가 좋아하는 애완견이 남에게는 혹시라도 불안감을 주지는 않을지 배려하는 마음도 중요하다.

아무리 작고 귀여운 강아지라도 선천적으로 두려워하는 사람이 있다. 하물며 몸체가 크고 험상궂은 얼굴을 가진 개는 보기만 해도 섬뜩하다. 그런 개는 사람이 많이 모이는 장소에는 데리고 나오지 않는 것이 배려하는 마음이 아닐까. 한 배우의 애완견이 80대 노인을 물어 사망한 사고가 일어났다. 한 해에 애완견에 의한 사고가 2,000여 건이 일어난다고 한다. 더불어 사는 사회, 남을 위해 조금씩만 마음을 쓴다면 우리 모두 함께 한층 더 밝고 명랑한 환경 속에서 살 수 있을 것이다.

산책하다 보면 어느 날은 구름도 산책을 나왔는지 하늘 언덕을 넘고 있다. 노란 나비들이 그 하늘 언덕을 끌고 가는지 떼를 지어 날고 있다. 구름과 나는 덩달아 나비의 뒤를 따르며 걷는다.

오기(傲氣)

허약한 고집쟁이 욕심은 하늘 찔러
남에게 안 지려고 기쓰고 쪼아대다
마침내 사고 저질러 대어 하나 낚았다

잘 쓰면 보약 되고 못 쓰면 독이 되고
한 몸에 두 얼굴 단 현란한 마술의 손
모쪼록 영근 과실만 딸 수 있게 해주오

■ □ ■ □ ■ □ ■

절약의 미학

18세기 미국의 공리주의 철학자이며 정치가였던 벤자민 프랭클린(1706-1790)은 부자가 되는 것은 생각보다 쉽다고 했다. 낭비 안 하고 저축하는 습관만 들이면 된다는 것이다.

부자란 무엇일까. 국어사전에는 재물이 많아 살림이 넉넉한 사람이라고 했다. 재벌이나 억만장자와는 다소 다른 개념이다. 상식적으로도 부자는 의·식·주 해결에 문제가 없고 여유를 가지고 문화생활, 여행 등 삶을 즐길 수 있을 만큼 넉넉하게 재물을 가지고 있는 사람이라고 할 것이다. 이러한 부자는 버는 돈을 다 쓰지 않고 일정 부분을 저축하는 습관을 붙이면 어렵지 않게 될 수 있다는 것이다.

우리는 선배들로부터 많이 들었고 또 보았다. 부지런하고 절약하는 사람은 큰 부자는 못 된다 해도 밥은 먹고 살 수 있는 것이다. 알고 보면 희망이라는 세상은 밥심으로 오기에 어머니도 땀방울 수북한 밭을 가꾸기 위해 아침부터 부지런히 움직이셨다. 그 덕에

구릿빛 얼굴의 어머니는 자식 농사까지 잘 지으셨다고 말씀하셨다.

지금까지 생의 씨앗 같은 밥알들을 세끼 모두 먹을 수 있는 것도 어머니의 부지런함이 아직까지 내 몸의 습관으로 자리하기 때문이다.

부자의 돈보다 더 큰 의미의 큰돈은 노력만으로 얻을 수 있는 것은 아니다. 운이 따라주어야 한다. 저 사람은 얼굴에 돈이 붙었다거나 또는 손이 두둑해서 돈이 따르게 생겼다는 말을 흔히 듣는다. 속된 말로 돈복을 타고나야 한다. 그러나 돈복을 타고났다고 하더라도 낭비만 하고 절약하지 않으면 부자는 될 수 없는 것이다.

돈의 진정한 가치는 무엇일까. 절대적인 가치일까, 상대적인 가치일까. 사회적 관점에서는 당연히 상대적인 가치일 것이다. 100달러의 지폐 한 장이 부자에게 주는 가치와 가난한 사람에게 주는 가치가 같을 수 없는 것이다. 같은 논리로 땀 흘려서 버는 돈과 불로소득으로 생기는 돈은 가치가 다른 것이다. 무더운 여름날 끈적끈적한 햇살을 등에 다닥다닥 붙이면서 어머니는 돈을 벌기 위해 애쓰셨다. 우리 형제들은 어머니의 그 수고로움을 알기에 시간을 허투루 쓸 수 없었다. 우리 가족이 먹고살기에도 빠듯한 돈이었지만 어머니의 호미 자루가 시간이 갈수록 낡아져 가고 있는 것도 알았다. 그 돈은 어머니의 목숨이었으며 어머니의 미래였음을 우리는 모두 알고 있었다. 요즘은 산업구조가 복잡하고 광고 기술이 발달해서 번쩍하는 아이디어를 상용화해서 큰돈을 버는 사람들이 많다.

반면에 땀 흘리는 노동의 대가로 받는 근로자의 보수는 상대적으로 매우 적다. 빈부의 양극화다. 그렇다고 별로 힘 안 들이고 아이디어로 기업을 일으켜서 백만장자가 되는 사람을 배척할 수는 없는 것이다. 그들은 기업을 설립하여 일자리를 만들어 고용을 확대함으로써 사회에 기여하고 있다.

지구촌 경제 시대에 연구개발(R&D) 투자로 기술혁신을 선도하여 기업의 경쟁력을 강화하는 것은 자본력이 강한 대기업이 할 수 있는 일이다.

세계 어느 나라를 불문하고 대기업 중에는 창업주가 작은 자본을 가지고 근면과 절약 그리고 번뜩이는 아이디어를 무기로 하여 성공한 사람들이 많다. 멀리 외국까지 갈 필요도 없이 우리나라의 사례도 많다.

H그룹의 창업주 J 씨는 몹시 가난했었다. 학비가 없어 고등교육도 제대로 못 받았다. 그러면서도 근검, 절약 정신과 기발한 상상력으로 쌀 소매상으로 시작해서 사업을 점점 키워나갔다. 그가 살았던 시대에 우리나라의 경제는 본시부터 농경 국가인데다가 부존자원도 없어서 세계에서 가장 가난한 나라 중의 하나였다. 게다가 일제로부터 강제 수탈까지 당했으니 어느 정도였을지는 가히 상상할 수 있을 것이다. 그런 시대에 근검하고 머리가 잘 돌아가는 사람이라면 누구나 밥을 먹는 정도를 넘어서 곧 부자가 될 수 있었을 것이다. J 회장이 한창 활동할 시기는 한국의 경제개발 시대와 맞물린다. 정부의 경제개발 프로젝트 시행은 당연히 기업인들의 좋은 발주처가 되었고 J 회장은 그 기회를 십분 활용하여 기업의 자본을 확충해 나갈 수 있었다. 그는 성공적인 기업인이 되어서도 절

약하기로 정평이 있었다.

그는 단지 돈만 절약하지는 않았을 것이다. 초심을 잃고 싶지 않기에 부모님의 수고로움을 기억하고 싶기에 자신을 더 단단하게 만들고 싶기에 절약했을 것이다. 허세부리고 싶은 욕심을 차단하고 현실에 안주하고 싶은 마음을 억제하기 위해 돈과 감정을 절약했을 것이다.

펑크난 양말을 꿰매서 신었다는 일화도 있다. 그 절약 정신은 가난했던 어린 시절부터 습관화되었을 것이다. 양말을 기워서 신으면서도 재미있었을 것이다. 돈이 없어서 양말을 수선해서 신는 것은 슬픈 일이지만 부자가 되어서도 기워 신는 것은 즐거웠을 것이다. 양말의 구멍을 때우면서 회심의 미소를 지었을 것이다.

30년을 넘게 구두를 닦아서 모은 돈 몇억을 장학금으로 쾌척하는 사람이 있다. 그의 피와 땀과 눈물이 배인 장학금은 사람들의 가슴을 따스하게 했다. 못이 박힌 손으로 뒷굽을 갉아먹은 걸음들을 조심스럽게 떼어내며 그의 손마디는 수없이 시큰거렸을 것이다. 실밥이 터진 길들을 꿰매며 그는 수없이 숨고르기를 했을 것이다. 남들 잘 벌어서 잘 먹고 화려하게 펑펑 쓰며 즐길 때, 먹고 싶은 음식 절제하고 저축해서 모은 돈은 얼마나 귀하고 아까운 것일까. 그 귀한 재물을 교육이나 불우한 이웃들을 위하여 아낌없이 내놓는 것은 그 뭣보다도 아름다운 헌신이다. 비옥한 땅 온화한 기후 여건 속에서 피어난 예쁜 꽃보다 히말라야 백년설을 뚫고 나와 방긋이 웃는 귀한 꽃은 훨씬 더 아름답고 가치가 있는 꽃이 아니겠는가. 그래서 낭비하지 않고 절약해서 가치 있게 쓰는 돈은 아름답고 고귀한 것이다.

　절약은 미덕이다. 경제학에서는 절약보다 소비가 미덕일 때가 있다. 경제가 침체기에 들어갔을 때 가진 돈을 소비로 풀어 줌으로써 기업의 매출이 증가하고 생산이 늘어나면 경제가 회복될 수 있다. 이른바 소득 주도 성장론의 이론적 배경이다. 그러나 절약은 기본적으로 미덕이다. 여유가 있다고 낭비하고 돌아다니면 사람이 정신적으로 타락하기 쉽다. 그 타락은 자신만으로 끝나지 않고 사회에 해독을 끼치게 된다. 금전적 절약뿐만 아니라 큰 것으로부터 작은 것까지 모든 물자의 절약, 심지어 수돗물까지 빈틈없이 절약하는 습관이 몸에 배는 것이 좋다.

　몽골은 물이 부족한 나라다. 물 한 바가지가 다용도로 쓰인다. 그릇도 씻고 세수도 하고 걸레도 빤다. 모든 지역이 다 그런 것은 아니지만 상수도 시설이 부족한 것은 사실이다. 그걸 생각할 땐 물 사용도 절약해야겠다는 다짐을 했다가도 금방 잊고 평상시 낭비하는 습관으로 돌아오곤 한다. 우리는 유럽 선진국에 비교하면 소득 수준 대비 소비성향이 높다. 합리적으로 소비한다기보다는 충동적으로 구매하는 경향이 있다. 남의 이목에 신경 쓰기 때문이다. 곧체면 유지성 소비를 많이 한다. 이번 여름 길고 긴 장맛비를 경험하면서 깨달은 것이 있다. 평소에 쓰레기 생산을 적극적으로 줄여야 하겠다는 생각이다. 주변의 산책길 반포천에 떠밀려온 생활 쓰레기들이 볼썽사납게 깔려있다. TV 뉴스에서 우리가 먹는 수돗물의 수원지인 팔당댐이 쓰레기 녹조로 덮여 있는 모습을 보았다. 우리가 무심코 버리는 폐기물이 순환과정을 거쳐 우리 건강의 적으로 돌아올 가능성도 배제할 수는 없는 것이다. 외국 사람들이 볼까 두렵기도 하다. 남에게 보이기 싫은 비밀의 치부가 들춰지는 것 같아서 얼굴이 화끈거린다. 선진국에서는 상수도의 취수원이 생활 쓰레기로 덮히는 것은 상상조차 할 수 없는 일이다. 담수호나 강 같이 노출되어 있는 물은 취수원으로 사용하지 않는 나라도 많다. 만일 사용하게 된다면 철저하게 관리해서 오물이 들어가지 않도록 한다.

우리도 이제는 생활 속에서 낭비를 줄이고 절약의 습관을 붙여서 쓰레기를 최소한으로 줄였으면 좋겠다. 이 땅의 어머니들은 가족들과 함께 밥 한술 뜨기 위해 평생 절약을 했다. 우주의 살점 같은, 어머니의 눈물 같은 밥알이 음식물 쓰레기로 나가게 해서는 안 된다. 어머니의 수고로움을 알기에, 밥알의 고마움을 알기에 버려진 밥알을 보면 마음이 아리다. '아름다운 금수강산'을 겉으로 보기 뿐만 아니라 속까지 깨끗하고 아름답게 만들 수 있기를 바란다.

청개구리

날쌔게 뛰라 하면 거북이 걸음 걷고
천천히 가라 하면 쏜살같이 날아간다
좀처럼 주인의 말을 듣지 않는 심술보

잡는 자 떨쳐내고 놓는 자 달라붙어
더이상 싫다 해도 귀찮게 치근댄다
오늘도 자기 멋대로 달려가는 이단아

■ □ ■ □ ■ □ ■

기억력

음치라는 말이 있다. 소리 음(音) 자에 어리석을 치(癡)자로 소리에 대한 음악적 감각이나 지식이 매우 무디어 음을 바르게 인식하거나 발성하지 못하는 사람을 일컫는 한자어의 사전적 의미다. 이를 원용해서 길치라는 말을 많이 사용하는 것 같다. 길은 순수한 우리말이니까 길치는 순수 우리말과 한자어가 섞인 말이다. 우리말 속에는 70% 정도의 한자어가 사용되고 있다. 길 감각이 무뎌서 가봤던 길도 잘 못 찾고 갔다가 반대 방향으로 올 때는 그 길이 아니고 다른 길처럼 보여서 헤매는 사람들이 있다. 내가 그런 사람 중의 하나다.

나는 방향감각이 둔한 것 같다. 길이 됐든 어느 건물 내부가 됐든 방향이 바뀌면 헤매는 경향이 있다. 앞이라고 여겼던 곳에 나 자신을 앉히려는 구두와 다른 곳으로 이동해야 한다며 엇박자를 놓는 걸음, 그 사이에서 우왕좌왕할 때가 있다. 삶이라는 긴 여행 길에서도 방향을 잃고 헤매는 걸음과 구두 사이에서 갈팡질팡했던 적도 있다. 그런데 신은 그런 사람에게 길눈이 밝은 사람을 붙여 줬는지 아내는 길 찾는 것은 선수였다. 어둠 짙은 삶의 터널에서 방황할 때도 아내는 늘 나의 손을 잡고 빛을 향해 나아갔다. 내 인생의 길눈 같은 아내는 자동차 네이비게이션이 없을 때도 길을 잘 찾았다. 그러다 보니 나는 길 찾는 것은 마누라 의존형이 되어서 길눈이 더 약해지는 것 같았다. 함께 드라이브를 하게 되면 의례히 지도 보고 길 찾는 것은 아내에게 맡기고 나는 운전대만 잘 돌리면 되었다. 그렇게 역할 분담을 해서 소리 없이 잘 나가다가도 가끔은 길 찾다가 마찰이 생기는 때가 있었다. 그런 때 아내는 한번 스스로 찾아보라고 했다. 내가 쉽게 찾을 리가 없었다. 믿고 맡겼는데 갑자기 하려고 하면 잘 될 리가 있겠는가. 길 찾는다고 헤매고 있으면 옆에서 핀잔을 준다. 이런 사람이 어떻게 장교를 했을까. 만약 전쟁터라도 나갔더라면 병사들까지 희생시켰을 것 같다고 내 심정을 건드리곤 했다. 그러면 나는 그래도 군에서 교육받을 때 독도법은 아무런 문제 없이 잘했다고 응수했다. 그걸로 부족할 때는 진화론의 무기를 꺼냈다. '진화가 덜 된 동물이 길을 잘 찾는데 당신은 진화가 덜 돼서 길 찾는 감각이 발달한 것 아닌가.'

말은 한번 갔던 길은 혼자서 다시 찾아온다고 한다. 실제로 몽골에서 베트남에 선물한 말이 육로로 보내진 적이 있는데 그 말이 도망쳐서 다시 몽골로 돌아온 일이 있었다고 한다. 그 말은 몽골에서 걸어왔던 시간을 힘겹게 꺼내 한 걸음 한 걸음 그리움으로 다시 길을 내며 돌아왔을 것이다. 문득 본래의 자리로 되돌아가고자 폭포를 역류하는 연어처럼 말이 걸었을 그리움과 아픔이 느껴져 숙연해진다.

몽골에서는 외국 손님에게 주는 최고의 선물은 말이다. 말 중에서도 국경일 축제 승마 경기에서 우승한 말은 국빈들에게 선물로 주는 경우가 많다.

그런데 외빈들에게 말을 선물로 주면 그걸 가지고 귀국할 수는 없으니까 결국 이름만 선물인 셈이다. 물론 실제로 선물 받은 말을 가지고 간 사례도 있다. 대한항공이 몽골 취항 기념으로 퇴역한 항공기 B-727을 몽골에 선물로 준 적이 있다. 그에 대한 답례로 몽골은 말 2필을 대한항공 측에 선물했는데 대한항공은 자기네 화물 수송기로 실어 와서 제주도에서 사육하고 있는 것으로 알고 있다.

길을 익히는데 탁월한 재주를 가진 사람이 있는가 하면 사람 이름을 기억하는데 머리가 좋은 사람이 있다. 정치인 중에 그런 사람들이 많은 것 같다. 이름을 잘 기억하면 정치에 도움이 될 것이다. 처음 인사한 사람의 이름을 잊지 않고 두 번째 만났을 때 불러주면 누구나 다 좋아한다.

대인 관계의 첫 조건에서 일단 합격이라고 할 수 있다. 반면에 여러 번 만나서 이름을 말해 줬는데도 '누구시더라' 하고 이름을 되물으면 좋아할 사람은 하나도 없다. 나는 길치는 못 면했는데 남의 이름 기억하는 두뇌는 조금 있는 것 같다.

그 사람의 빛깔과 향기에 가장 알맞은 언어가 이름이다. 이름을 기억해 주면 그 사람의 빛깔과 향기를 여전히 마음에 담아 둔다고 사람들은 여긴다. 이름이 사랑의 언어인 셈이다. 개별적으로 한번 인사한 사람의 이름은 잊어버리는 경우가 별로 없다. 물론 모임에서 많은 사람과 형식적으로 주고받는 이름이나 아주 까다로운 이름의 경우는 예외다.

그렇다고 해서 내가 남보다 사교적이라고는 생각하지 않는다. 이름을 외우려고 노력하는 것도 아니다. 학교 졸업 후 한 번도 만나지도 않은 동창생들의 이름을 아직도 다른 친구들보다는 많이 기억하는 것 같다. 직장 동료들, 해외공관 근무 시 직원들의 아이들 이름까지 기억한다. 옛 동료 직원들 만나면 아이들 이름 부르면서 ㅇㅇ 많이 컸겠네 하고 안부 물으면 대단히 좋아한다. 이름이라는 꽃으로 활짝 핀 자리는 대화 내내 웃음꽃이 만발했다. 그 웃음꽃에서 피어난 향기로 우리는 한층 더 가까워지고 깊어져 갔다.

한 번은 이런 일도 있었다. 길고 까다로운 이름을 가진 브라질 사람을 두 번째 만났을 때 이름을 불러주니 그렇게 좋아할 수가 없었다. 자기 이름을 한 번 만나서 기억하는 사람은 당신 밖에 없다는 것이었다. 장사하는 사람이라 상술이겠거니 생각했지만 일단 순수하게 받아들였다.

그런데 요즘은 기억력이 나한테 장난치려고 든다. 늘 기억하고 있던 이름이 갑자기 숨어 버리고 찾을 수가 없다. 잠시 찾지 않고 그냥 두면 빙긋이 웃으면서 나타나지만, 이름이라는 사랑의 언어가 사라지는 것 같아 서글퍼지기도 한다. 그 사람을 기억해 내는 빛깔과 향기가 시들어지는 것 같아 안타깝다. 어떤 사람은 암기하는 것은 별로인데 숫자와 계산에는 비상한 사람이 있다. 숫자에 밝으면 재테크도 잘하는가 생각했는데 그것과는 또 별개인 것 같다. 만약 그렇다면 수학 교수들은 다 부자로 살아야 할 텐데 반드시 그렇지는 않기 때문이다.

기억력과 관련해서 웃기는 일화가 많다. 어떤 사람은 친구와 핸드폰으로 전화하면서 자기 주머니에서 전화기가 없어졌다고 이따 다시 전화하자고 했다는 사람, 내나 같이 골프 친 후에 목욕탕에서 함께 목욕하다가 "야 너 오랜만이다."고 했다는 사람 등 셀 수 없이 많다.

나도 왼손에 전화기를 들고서도 늘 넣고 다니던 오른쪽 바지 주머니에 없으니까 잃어버린 줄로 잠시 착각했던 적이 있다. 습관적으로 하던 행동을 갑자기 바꿨을 때 착각이 일어날 때가 있는 것 같다.

뇌 속의 센서가 오래되니 변화에 대한 적응력이 떨어지는지도 모른다. 뇌세포는 쓸수록 노화 속도를 늦출 수가 있다고 한다. 열심히 사용해서 젊은 뇌를 오래도록 지켜보고 싶다. 이름이라는 사랑의 언어를 기억해 주고 불러줘서 관계라는 꽃을 아름답게 피우고 싶다.

운명

자욱이 깔린 안개 이정표 안 보인다
앞뒤도 좌우에도 겹겹이 감싼 계곡
난세에 치솟는 저력 이번에도 으라차

잿더미 폐허 위에 꿈의 집 세웠는데
때아닌 태풍으로 주야로 노심초사
이때다 갈라진 마음 하나되어 화이팅

■ □ ■ □ ■ □ ■

세월 타고 놀기

내가 즐겨 이용하는 반포동 주변 산책로가 작년부터 피천득 산 책길로 새롭게 명함을 새겼다. 한국의 저명한 시인이며 수필가였던 고 피천득 선생이 이 동네에 살았기 때문에 그를 기리기 위하여 서초구청에서 예우로 새겨준 듯하다. 길 요소요소에 고인의 시와 수필 명구들을 새긴 기념비를 세웠고 시인이 벤치에 앉아서 노트 와 펜을 들고 사색하는 모습을 동상으로 시현했다. 피천득 시인이 길을 걷다 걸음을 잠시 멈출 법한 곳에 기념비가 세워져 있다. 그 길은 수많은 사람의 왕래로 닳고 닳아 따스했다. 슬쩍 가슴 안으로 스며들었던 아픔들도 사라질 듯 길 따라 핀 꽃들이 화사했다. 기념 비에 새겨진 그 명구 중 내 마음을 가장 예리하게 후벼주는 구절 은 이렇다.

"위대한 사람은 시간을 창조해 나가고, 범상한 사람은 시간에 실 려 간다. 그러나 한가한 사람이란 시간과 마주 서 있어 본 사람이 다".

참으로 멋진 말이다. 봄의 길이 꽃을 피우며 아름다운 계절을 창조하듯이 위대한 시인은 남이 사용하지 않은 언어로 감동을 주는 사람인가 보다. 이 글을 보는 순간 내 머리에서 번쩍하는 섬광이 스쳐 갔다. 나 같은 사람이 바로 시간에 실려 가는 사람이구나 하는 생각이 뛴 것이다.

그때부터 나는 남은 인생이나마 시간을 창조해가며 살 수 없을까 하고 머리를 요리조리 굴려 봤다. 아무리 계산해 봐도 때가 너무 늦은 것 같다. 무슨 일이 됐든 창조에는 많은 에너지와 종자 시간이 필요한 법인데 내겐 그런 것들이 모두 소진되어 가고 있는 것 같다. 그래서 생각한 끝에 기왕에 실려 갈 바엔 덜커덕거리거나 마지 못 해 억지로 끌려가지 말고 고소하고 재미있게 타고 가는 방법을 생각하기로 했다. 어렸을 때는 시간이 빨리 가서 키도 쑥쑥 크고 얼른 어른이 되고 싶었다.

그러나 빨리 갔으면 하는 시간은 왜 그리도 안 가는지 지루함이 느껴질 때도 있었다. 시간을 온몸으로 밀고 가는 달팽이처럼 저녁은 더디 왔고 하루라는 자루에 담겨진 햇살과 바람은 곧잘 흩어져 밤은 멀기만 했다. 그런데 요즘은 시간이 어찌나 빠르게 달아나는지 잡아 둘 수도, 브레이크를 걸 수도 없고 속수무책으로 내버려 둘 수밖에 없다. 누가 빛의 속도로 떠미는 것도 아닐 텐데 눈뜨면 내일이다. 나보다 먼저 앞서가는 시간을 뒤쫓아가기도 벅차다.

한 주가 어릴 적 하루처럼 지나간다. 시간은 청개구리처럼 바라는 방향의 반대로만 움직이는 것일까. 다른 도리가 없다. 달아나는 시간을 즐기는 방법을 찾는 것이 상책이다. 즐기면서 작은 것이라도 하나 남기는 방향으로 길을 잡았다.

세월 타고 즐기는 방법은 여러 가지가 있다. 취미 생활로는 젊을 때 좋아했던 골프, 등산, 여행 등이 있다. 그중 골프는 즐기면서 시간 보내기는 가장 좋은 운동인데 단점은 너무 큰 소비만 하고 남겨둘 만한 것이 없다는 것이다. 돈과 시간을 가장 많이 소비하는 운동이 골프라고 할 수 있다. 한번 나가면 하루가 간다. 시간과 돈이 여유가 있는 사람에게 맞는 운동이다.

나는 다른 방법으로 세월을 타고 즐기기로 했다. 서예, 시조 등 글을 쓰기 시작했다. 서예는 옛날 초등학교 다닐 때는 습자시간에 쓴 것이 교실 뒷벽에 붙을 정도의 수준이다. 학교 졸업한 후로는 관심을 두지 않았기 때문에 전혀 진전이 없었다. 마침 교회에서 취미 활동으로 서예 동호회가 있어서 새로이 시작했다. 붓이 제멋대로 놀았다. 주에 2시간 씩 꾸준히 2년 정도 하니까 붓 가는 길은 어느 정도 잡히는 것 같았다. 나의 나머지 생애도 붓 가는 길처럼 차르르 흘러갔으면 좋겠다. 태풍 같은 예순 갑자를 돌아 나왔기에 이제는 중심을 잡아가는 붓처럼 나아가고 싶었다. 가로쓰기는 좀 나은데 세로쓰기 글씨의 균형 잡기가 매우 어려웠다. 들쑥날쑥 보기가 흉했다. 글자 한 자 한 자는 제법 쓸 수 있다 해도 전체 문장을 균형 있게 쓴다는 것은 고수들도 쉽지 않은 것 같았다. 이름이 있는 서예가가 쓴 것도 미시적으로 보면 좋은 것이 거시적으로 보면 아쉬운 부분이 보였다. 얼마 전 예술의 전당에서 작고한 한국 서예 대가들의 작품 전시회를 볼 기회가 있었다. 감탄사가 절로 나왔다. 옛날 같으면 뭣이 잘 쓴 것인지 분별을 할 수도 없었는데 그래도 조금은 붓대를 잡아 봤다고 보는 눈이 1mm 정도는 열린 것 같았다. 글씨들이 살아서 꿈틀거리는 것 같았다. 도대체 이 정도 쓰려면 얼마나 연습을 많이 하고 정진해야 되는 것인지 나도 모르게 입이 벌어질 따름이었다.

한글이 한자보다 쓰기가 쉬울 것 같았는데 붓 가는 획수는 적다 해도 예술적인 서체로 쓰기는 비슷할 것 같았다. 한자의 초서체는 아는 글자도 도무지 읽을 수가 없는 것이 많았다. 심지어 자기가 쓴 것도 무슨 자를 쓴 것인지 모르는 수도 있다고 한다. 우리 한글 펜글씨도 갈겨 쓴 것은 나중에 읽기가 어려운 때가 있지 않은가. 서예는 정신 수양에 좋은 것 같다. 글씨 쓰는 동안만은 일체의 잡념을 가질 수가 없다. 잡생각을 가지고 붓을 잡으면 글씨가 되지를 않는다. 붓을 잡으며 마음 속으로 들이치는 아픔을 내려놓았다. 설핏설핏 드나드는 상처를 잠재우며 마음을 맑게 하려고 노력했다. 그렇게 웬만큼 시간이 흐르자 붓끝에서 가냘픈 글꽃이 피어났다. 그런 날은 하루가 온통 화사해지곤 했다.

서예도 제대로 배우지 못했는데 어느 날은 친구의 권유로 시조를 공부하게 되었다. 학창 시절에 고시조를 조금 머릿속에 가둬 둔 것 외에는 시조든 자유시든 써본 적이 없었다. 관심 자체가 별로 없었다. 그런데 친구는 시조 클래스 강사에게 전화까지 해서 나를 소개하고서 어느 날자에 나가보라는 것이었다. 그렇게까지 했는데 안 나갈 수도 없어서 나가게 되었다. 친구 따라 강남 문화원에 가서 시조를 배우기 시작한 것이다. 처음에는 글자 수만 맞추면 율격에 맞는 시조 한 편이 된 줄 알고 기쁘고 재미도 있었다. 채 1년도 안 되어서 등단이란 걸 했다. 등단한 사람이 몇 명 있었는데 나보고 대표로 당선자 인사를 하라고 했다. 멋도 모르고 기분이 좋아서 사양하지 않고 했다. 시조를 배우기 시작한 후 4년의 세월이 쏜살같이 지나갔다. 시조 대학 학부를 졸업한 셈이다. 전에는 등단이라는 것은 대단한 것인 줄 알았다. 지금 생각하니 운전면허증과 같은 것이다. 면허증은 운전을 잘해서 주는 것이 아니라 조심조심해서 꾸준히 하면 사고 안 내고 할 수 있다는 뜻이지 않은가. 마찬가지로 시도 열심히, 꾸준히 갈고 닦으면 어느 정도 수준에 도달할 수 있다는 의미로 등단을 시키는 것이리라.

요즘은 자칭 시인이 시의 독자보다 많다고 하는 이야기를 들었다. 지금도 쓰기가 어려운데 전에 내가 쓴 것 보니까 유치하기 그지없다. 스스로 웃음이 나온다. 그래도 재미는 있다. 율격에 맞춰서 적절한 시어를 찾아내 시상을 압축해 넣는다는 게 쉬운 일이 아니다. 율격을 지키는 시조처럼 생활 속에서도 부정적인 감정은 털어내고 긍정적인 감정과 도전과 용기로 내 삶의 율격을 지키고 싶다.

시조의 맛은 감정의 정화여서 마음이 더 간다. 시조를 쓰면서 초안을 잡아놓고 시간을 두고 더 나은 어휘를 찾아내는 재미가 쏠쏠하다. 감정의 필터링 같은 시조의 율격이 삶을 정화시켜주는 것 같아 행복하다. 시조를 쓰기 위해 컴퓨터 앞에 붙어 있을 필요도 없다. 산책하면서 생각이 떠오를 때 핸폰 속에 집어넣으면 된다. 여행하면서 쓰기도 좋다. 친구의 유혹에 넘어가 시조라는 바다에 빠져 허우적거리고 있다. 그렇게 놀면서 버티다 보면 언젠가는 헤엄치는 기술이 몸에 익어 별로 힘 안 들이고 수준급에 오를 수도 있으리라. 시조를 쓰다 보니 산문도 한번 써보고 싶은 생각이 들어 수필에도 손대게 되었다.

요즘은 수필에 시간을 더 빼앗기고 있는 셈이다. 글쓰기에 재미를 붙이다 보니 서예를 게을리하게 됐다. 서예를 하려면 준비할 것도 많고 끝난 뒤에도 도구를 깨끗하게 세척해서 보관해야 하는 번거로움이 있다. 거기에 맞는 탁자도 있어야 하는데 이사하면서 환경이 서예에 불리하게 바뀌었다. 지금은 당분간 서예는 쉬고 있다. 서예가 시조에 자리를 빼앗긴 것이다.

세월 타기 놀잇감 하나가 더 있다. 아코디언 배우는 것이다. 나는 악기 하나도 배운 것 없이 나이테만 늘어갔다. 젊을 때 아코디언 연주하는 것을 보니 멋있어 보였고 별로 어렵지 않을 것 같아서 배우고 싶었다. 게으른 사람이 항상 달고 다니는 변명이지만 바쁘게 살다 보니 한가하게 그걸 배울 시간을 찾지 못했다. 2년 전에야 비로소 결심을 했다. 더 이상 미루다간 해보고 싶었던 것 시작도 못 해보고 돌아올 수 없는 여정을 마치게 될 것 같아서였다. 학원을 찾아가 등록을 했다. 별로 어렵지 않을 것이라고 생각했던 것이 착각이었다. 오른손 건반 치기는 좀 나은데 왼손 베이스 버튼은 더 어려웠다. 오랜 세월 굳은 손이 그리 쉽게 부드러워지길 기대하는 것 자체가 무리였다. 힘들 때마다 양팔이 없어 발가락으로 붓글씨 쓰는 사람을 생각하면서 포기하고 싶은 마음을 달랬다.

코로나 때문에 문화원 아카데미도 문 닫아 연습도 중단되었다. 집에서 혼자 가끔 연습을 해보지만 독학이 그리 쉬운가. 늙으면 어린애가 된다는 말이 있다. 어린이에게 장난감이 필요하듯이 내게도 장난감이 필요하다. 아코디언은 내가 끝까지 가지고 놀 장난감이며 소중한 악기다.

　나를 스쳐간 그간의 악기 중에서도 가장 오래된 악기는 나의 몸이다. 사랑을 속삭이며 함께 연주했던 아내라는 이름의 연주자는 어느 먼 곳으로 떠나고 없지만 나는 가장 오래된 악기를 잘 다룰 것이다. 뜻밖에 찾아온 솔로 인생, 남 보기에는 외롭고 가련하게 보일지 모르나 나는 외로울 틈도 없이 하루하루를 빡빡하게 살고 있다. 가는 세월에 실려서 못 쓰는 글이나마 시조와 수필을 흉내라도 내가면서 자족의 삶을 살고 있다. 지루하거나 무료함을 느낄 겨를도 없다. 세상의 욕심 다 내려놓고 세월 타고 유유히 흘러간다.

매미

아쉬워 우는 마음 그 누가 알아주랴
멋지게 살아 보려 꿈 안고 나왔는데
어느덧 돌아갈 시간 바람처럼 빠르다

십사일 짧은 일생 노래로 봉사하려
수년을 지하에서 지성껏 갈고 닦아
오늘의 멋있는 공연 후회 없는 한 평생

■□■□■□■

맹수의 이빨과 봄날의 꽃씨

곧 돌아갈 것으로 예상했던 불청객 코로나가 짧지 않은 세월이 흘렀는데도 갈 생각을 하지 않고 미적거리면서 사람들을 괴롭히고 있다. 오늘도 우리들의 웃음소리와 만남을 지워낸 그 자리에서 의기양양하게 앉아 있다.

사람들이 조금만 방심하면 아가리를 벌려 맹수의 이빨을 드러낸다. 우리의 일상을 파괴시킨 그 맹독성의 이빨에 물리지 않기 위해 조심해야 한다. 사람 같으면 경찰에 신고해서 쫓아내기라도 할 텐데 그럴 수도 없다.

이제 너도나도 장기전을 각오해야 할 것 같다. 불청객이 들어올 만큼 허술했던 방어벽을 철저히 점검해서 잘못된 것은 바로잡고 새로 보완해야 할 것은 뭣인지 살펴봐야겠다. 몸에 밴 습관이라도 고치기로 작정하고 3개월 정도 노력하면 고칠 수 있다고 한다. 코로나가 온 지도 3개월이 세 번은 지나갔다.

그동안 자신도 모르는 사이 생활 습관이 바뀐 것이 있는 것 같다. 우선 외출할 때 마스크 착용하는 것은 습관화되었다. 집에서 외출할 때 마스크를 깜빡하고 집 문밖에 나가면 뭔가 빠트린 것이 있는 것처럼 허전하다. 다시 들어가 마스크를 가지고 나온다. 길에서 항상 마스크를 하는 것은 아니다. 사람 왕래가 뜸한 길에서는 벗어서 손에 든다. 앞에서 오는 사람이 마스크를 했으면 내가 거리를 두며 지나가고 그 사람이 마스크를 안 했으면 내가 미리 마스크를 하고 간다. 마스크를 하면 코로나라는 무시무시한 이빨 속으로 빨려들어 가지 않을 것처럼 꼭 챙긴다. 어떤 마법처럼 무슨 부적처럼 몸에 지니고 다닌다.

삶과 죽음이 이 마스크 한 장에 달린 것처럼 소중히 여기고 있다. 길을 걸어도, 산책을 해도 오가는 사람들의 눈치를 살펴야 한다. 손 씻는 습관도 달라졌다. 전에는 특별한 경우 아니면 식탁에 앉기 전에만 손 씻기를 의식했는데 이젠 뭐든지 손으로 만진 후에는 손 씻는 것이 버릇으로 붙었다. 이 버릇은 앞으로도 계속될 것으로 믿는다. 그 덕분에 그동안 욕심 사납게 움켜만 쥐고 살았던 손을 자주 펼 수 있게 되었다. 비누 거품이 손가락 사이사이로 들어가서 탐욕까지 씻어내기 위해 바득바득 비볐다.

그동안 우리 사회는 결혼식, 장례식 등 애경사 때 가족 친지들에게 청첩장, 부고 등을 보내 가능한 한 많은 사람이 오도록 해서 자신의 사회적 신분을 과시하려는 경향이 있었던 게 사실이다. 코로나 이후로는 그런 풍조가 상당히 퇴색해갈 것 같다. 가족과 아주 가까운 친구들만 초대하여 조촐하고 오붓하게 행사를 치르는 방향으로 간소화되는 게 좋지 않을까. 탐욕의 손, 겉치레의 손, 과시욕의 손까지 이번 기회에 모두 씻어내기를 소망한다. 우리 사회를 짓눌러 온 남의 눈치를 살피는 체면 유지 문화는 바뀌는 게 좋겠다.

인간은 태어나면서 죽음이라는 역까지 가는 차표를 받고 나왔는데 우리는 마치 죽음이란 나와는 거리가 먼 것으로 착각하며 살아왔다. 누군가 젊은 나이에 불치의 병이라도 얻으면 언론에서 시한부 인생이라는 말을 즐겨 쓰는데 나는 처음부터 그런 말에 거부감이 있었다. 시한부 인생 아닌 사람이 어디 있는가.

코로나는 누구나, 언제, 생의 종말을 맞을지도 모른다는 죽음에 대한 현실 감각을 새삼 일깨워 줬다. 젊은이든 노인이든 하루하루 삶의 의미가 무엇인지 생각하게 해주었다. 우리의 마음에 못을 박은 게 코로나였지만 우리의 마음을 다시 들여다볼 수 있게 해준 것도 코로나였다. 무심코 걸어찼던 일상의 소중함을 깨닫게 해주었다.

프랑스의 저명한 미래학자 자크 아탈리는 "코로나 이후 모든 사람이 예술가가 될 것"이라고 예언했다. 사람들과 어울리기보다는 혼자서 고독하게 창작의 세계에서 싸워야 하는 예술의 역할이 중요해진다는 것이다. 그는 더 나아가서 "격리 기간에 도예나 악기 연주 등을 시작하는 사람이 늘었다. 하다못해 모바일 동영상 공유 앱 '틱톡'으로 자신을 촬영하는 식으로 미래엔 모든 사람이 예술가가 될 것이다. 자아도취성 사회로 가고 있는 건 분명해 보인다."고도 했다. 물론 그에 대한 반론도 있다. 스페인 소설가 하비에르 모로는 "유행병이 인류의 습관과 역사를 송두리째 바꿀 거라는 믿음은 역사적 사실과 다르다"며 "인류는 수차례 펜데믹 종식 후 으레

제자리로 돌아오곤 했다"고 언급했다. 누구의 주장이 옳을지는 시간이 말해줄 것이다. 다만 코로나가 종식되더라도 많은 전염병 전문가들의 말대로 앞으로는 2-3년 주기로 신종 바이러스가 출현하게 된다면 아탈리의 예언이 더 현실성이 있지 않을까 하는 생각도 해본다.

나는 지금까지 코로나와 싸우는 동안 '집콕'하면서 한 일이 있다. 글쓰기였다. 시조를 쓰면서 산문 쪽으로도 눈을 돌려봤다. 나를 들여다보며 나와 대화하고 지난 날의 상처를 다독여주며 내일의 희망을 노래할 수 있는 시간을 비로소 갖게 되었다.

집콕의 시간이 외로움 짙은 인생의 내리막길처럼 느껴질 수도 있었을 텐데 다행히 글쓰기가 나와의 대화시간으로 변화되었다. 어떤 때는 새벽기도처럼 간절했고 또 어느 때는 그리움으로 출렁거렸다. 코로나 전에는 오라는 데는 없어도 갈 데는 많아서 집에 붙어 있는 때가 많지 않았는데 요즘은 거의 집을 지키고 있다. 누가 훔쳐 갈 집도 아닌데. 집에서 시간 보내기는 힘들기는 해도 글쓰기가 안성맞춤인 것 같다.

수필 써보겠다고 컴퓨터 앞에 앉으면 시간 가는 줄 모른다. 물론 생각이 막히지 않고 잘 트일 때 말이다. 나는 뭔가에 몰입하게 되면 쉴 새도 없이 지칠 때까지 가는 못된 버릇이 있다. 젊을 때 운전대를 잡았을 때도 그랬다. 유럽에서 자동차 여행할 때는 하루에 1,100 키로를 달린 적도 있다. 밥 먹고 자동차 연료 보충하는 시간 외에는 계속 달린 것이다.

그러다가 문득 건강이 먼저지 하는 생각이 나면 하던 일 중단하고 휴식을 취한다. 코로나가 아니었다면 수필 쓰기는 시작도 못 했을 것이다. 미루고 또 미루었을 것이다. 언젠가는 써보겠다는 생각은 하고 있었지만 우선순위에서 밀렸을 것이다. 시작이 반이라고 하더니 이제 자그마하게나마 책으로 엮어 보고 싶다.

직장인들의 생활양식도 달라질 것이다. 점심시간에 여럿이 몰려 다니면서 식당에서 밥 먹기보다는 도시락을 지참하거나 혼밥을 즐기는 사람이 많아질 것 같다. 특히 퇴근하다가 대포집에 들려 한잔하는 문화는 점차 사라지지 않을까. 오히려 잠시 서서 한잔하고 가는 포장마차 집은 더 재미를 보게 될 것 같기도 하다. 뇌의 기억세포가 무뎌져서 어느 정도 세월이 흐르면 망각하고 사람들이 하비에르 모로의 말처럼 제자리로 다시 돌아올지도 모른다.

그렇다고 하더라도 이번 코로나의 유행 기간이 너무 길어서 쉽사리 잊혀지지는 않으리라. 코로나는 보통 사람들이 망각하고 있던 삶의 의미가 무엇인가에 대하여 어느 정도나마 다시 한번 생각하게 해주었다. 하루하루의 삶을 허투루 살지 말고 가치 있게 보람있게 살기 위해 노력해야 할 것이다. 웃음과 사랑이 있는 만남, 그 가깝고도 먼 풍경이 있는 일상을 한 장 한 장 넘기며 살고 싶다.

햇살에 반짝이는 민들레꽃 같은 봄날을 만들기 위해 노력하고 싶다. 코로나처럼 가도 가도 알 수 없는 길, 알 수 없어 어디로 가야 할지 물을 수도 없는 길, 그 길을 이제는 그만 가고 싶다. 절반의 꽃씨만 품더라도 내일을 노래할 수 있는 그런 길을 가고 싶다. 코로나의 심술 기간이 길어지고 전 세계적으로 희생자가 너무 많이 발생하니까 하늘이 노했다는 말까지 나온다. 인간이 나약해지면 자기는 종교를 믿지 않으면서도 부지불식 간에 신의 존재를 긍정하게 되는 것 같다.

　나는 코로나의 발생 원인에 대하여 아는 바가 없다. 다만 인류가 긴 역사를 통하여 교만하고 방만하게 살다가 대홍수에, 스스로 말려든 전쟁과 세균 등에 의하여 대량 희생을 당한 사례가 여러 차례 있었던 것은 사실 아닌가. 그러고 나서 정신 좀 차리다가 또다시 유사한 재앙이 되풀이되곤 하는 것을 어떻게 설명해야 될까. 지구의 온난화로 인해 자연재해가 빈발한다. 기상 관측 기록이야 어떻든 지금까지 내 경험에 의하면 아무리 늦더위가 있어도 8월 15일 지나면 아침저녁으로 서늘한 바람을 느낄 수가 있었는데 금년은 열대야가 8월 중순 넘어서 더 많은 것 같다.

　하루속히 코로나의 기세가 꺾이고 백신과 치료제가 개발되어 안심하고 정상적인 일상생활이 복원되기를 소망한다. 봄날의 꽃씨처럼 복원된 일상은 코로나 전과는 다른, 보다 겸허하고 남을 배려하면서 화목하게 더불어 살 수 있는 공동체가 되기를 바란다.

황길신 작가의 수필집 출간을 축하하며

· 전북대학교 문학박사
· 문학평론가, 화가
· 전) 전남대학교 교수
· 현) 한실문예창작 지도교수

박덕은

황길신 작가는 1942년 1월 7일 전북 부안군 동진면에서 태어났다. 그는 전북 익산시라는 좀더 큰 도시로 옮겨 중학교에 진학했다. 중학교 3학년 때 국사 수업을 끝내면서 선생님이 학생들에게 소감을 말해 볼 사람 나오라고 했을 때, 그는 손들고 나가 이렇게 말했다.

"국사를 공부하면서 분단된 우리나라 현실을 안타깝게 생각했습니다. 제가 지금이라도 군대에 들어가 이 현실 타파에 도움이 될 수 있다면 지금 당장이라도 군복을 입고 싶습니다."

고등학교를 우수한 성적으로 졸업한 그는 서울대학교 문리대 독문과에 들어갔다. 서울대학교 필기시험 통과 후 면접시험 때 주임교수가 그에게 물었다.

"왜 독문과를 지원했나?"

그때 그는 독문학을 공부하고 싶다고 하지 않고, 이렇게 말했다.

"우리나라는 정치, 경제 등 모든 면에서 독일로부터 배울 게 많은 것 같아서 지원했습니다."

1965년 2월 서울대학교를 졸업하고 육군 소위로 임관한 그는 3개월간 보병학교에서 보수교육을 받은 후 육군 수도사단(맹호부대)에 소대장 요원으로 배치되어 군복무를 했다.

군복무를 마친 그는, 고려대학교 국제대학원에서 북미유럽 전공을 한 뒤, 1968년 9월에 외무부(외교부)에 들어가, 1972년 베를린 연수를 시작으로 여러 나라에서 외무공무원 생활을 했다. 독일에서만 세 번 근무를 해 연수까지 포함해서 10년 가까이 살았다. 뿐만 아니라, 쿠웨이트, 뉴질랜드, 헝가리, 몽골, 아랍에미레이트(UAE) 등지에서도 근무했다.

해외 공관장으로는 주함부르크 총영사, 주몽골 대사, 주UAE 대사직을 수행했으며, 공주대학교 객원교수, 울란바타르 대학교 교수, 국립외교원 명예교수를 역임했다. 공직 생활 중에 그는 틈틈히 글을 썼다. 하지만, 문학적인 글보다는 논리적이고 사무적인 글을 주로 썼다. 퇴임 후부터는 신문의 칼럼이나 문화부 기자들의 글과 친해져, 이름난 논객들의 글을 읽는 것에 재미를 붙였다.

그러던 중, 계간 [시조사랑] 신인문학상 시조 당선, 월간지 [문학공간] 신인문학상 수필 당선으로 문단에 데뷔했다. 필자와는 한실 문예창작 문학 동아리와 인터넷 방송 "낭만 대통령의 문학토크"와 서울에서 한 달에 한 번 모이는 '포시런 문학회'를 통해 문학 토론, 작품 교정 등을 하며 자주 문학적 교류를 해왔다.

그런 중에, 그는 문예춘추 가람 이병기 우리말 시조문학상, 대한민국 환경문화 대상 수필 부문 수상 등의 문학상을 수상하기도 했다. 어느 날 그는 자신의 삶을 되돌아보며 이렇게 말했다.

"인생은 오직 한번 사는 것이다. 이 세상에 태어나서 좋은 세상 구경할 수 있도록 해주신 창조주께 감사드린다. 어렸을 때부터 정직하게 살아야 한다는 가풍 속에서 자랐다. 평생을 그렇게 살았다고 자부한다. 물론 나는 인간이기에 완벽하지 못하다는 것을 잘 안다. 그러기에 절대적인 의미의 정직이라기보다는 상식적인 의미로 말하는 것이다. 성실하게 살자는 것이 내 인생의 좌우명이다. 속임수를 써서 남에게 손해를 끼치고 내가 이익을 보겠다는 생각 같은 것은 해본 일이 없다. 내 능력 안에서 열심히 살면 큰돈은 못 벌어도 밥은 먹고 살 자신감을 가지고 지금까지 살아왔다."

나이들어, 그는 기독교에 귀의했다.

"우리가 어디서 와서 어디로 가는지 인생에 대한 고민 끝에 50대 후반에야 기독교를 받아들이게 되었다. 그 후로 신앙을 붙잡고 세상적인 욕심 내려놓고 가니 마음이 편하고 좋다."

그는 요즘 문학에 눈을 돌려, 시, 시조, 수필을 쓰고 있다. 이것도 그의 여생을 보다 알차게 꾸려 가겠다는 의지의 표현인 듯하다.

"앞으로 내게 주어진 삶이 짧다는 것을 알기에 하루 하루 시간의 소중함을 절감하며 살고 있다. 이 세상을 떠날 때 후회 없이, 미련 없이 갈 수 있기 위하여, 너 뭐하다가 왔느냐고 하늘에서 물을 때 주저 없이 떳떳하게 말할 수 있도록 하기 위하여 천천히 그러나 꾸준히 준비하고 있다."

그 알찬 여생을 꾸려가는 과정에, 그동안 써놓은 수필들을 한자리에 모아 수필집을 꾸리게 된 그는 이렇게 감회를 밝히고 있다.

"내가 이 책을 쓰게 된 이유는 지금까지 살아오면서 아이들이나 다른 가족들에게 말로 하지 못한 것을 글로 남겨 주고 싶은 마음에서다. 세월의 계단을 오르내릴수록 목소리를 잃어 가는 추억들에게 색을 입히고 의미를 찾아주고 싶었다. 나만 아는 이야기였기에 그 목소리가 사라지기 전에 가슴 시린 사연에 귀를 빌려 주고 싶었다. 말수가 적은 사람이라서 평소에 가족들과 대화가 부족했다. 자녀들이 이 글을 읽고 아버지에게 이런 면도 있었구나, 하면서 읽어 주었으면 좋겠다."

그리고, 이렇게 덧붙였다.

"노년을 가치 있고 보람 있게 보내기에는 글쓰기를 하는 것도 좋을 것 같다. 그림 음악 등 다른 장르의 예술은 타고난 재주가 더 중요하겠지만, 문학은 상대적으로 조금만 관심을 가지고 노력하면 웬만큼 재미를 붙일 수 있을 것 같다... 시작이 반이라고 하듯이 이제라도 시작했으니 앞으로 틈이 나는 대로 시조와 산문을 계속

써 보고 싶다. 건강해서 의욕이 따라주기를 바랄 뿐이다."

 자, 그럼 지금부터 그의 수필 세계 속으로 감상 여행을 떠나 보자.

 ▶ 수필 [대쪽과 종이학]에서 그는 고교 때의 추억을 떠올리고 있다. 대학 진학을 앞둔 고등학교 2학년 때부터 그는 법학과와 독문과 두 개의 학과를 목표로 시험 준비를 했다. 고1 때는 독일어를 실력 있는 선생님에게 배웠는데, 그 선생님이 다른 학교로 전근간 뒤 후임 선생님이 오지 않았다. 고민 끝에 그는 독일어를 혼자서 공부하기로 결심했다. 입학 원서 쓰는 계절이 왔다. 그는 오기가 발동해 독일어 때문에 고생을 많이 했으니 떨어지더라도 독문과를 지원하겠다는 생각이 자리잡았다. 그 덕분에 서울대학교 독문과를 가게 되었다. 그는 34년 동안 외무공무원으로 국내와 해외를 오가면서도 부정과 불의에 타협하지 않고 맡은 일을 해냈다. 주변 사람들로부터 대쪽 같다라는 말을 들으며 오로지 선비의 길을 걸었다. 행운이 따라 무사히 대사직까지 마치고 은퇴했다. 가지 못한 길에 대한 미련이랄까. 날지 못한 종이학처럼 꿈을 접은 법학과는 가끔씩 그에게 손짓을 한다. 종이학의 날개에 힘이 붙어 파란 하늘을 날으는 상상을 하듯 그는 법대에 입학한 법학도의 모습을 그려 보곤 한다. 대쪽과 종이학을 연결시키는 솜씨가 아주 자연스럽고 오묘하다.

 ▶ 수필 [우물 안 개구리, 철새가 되어]에서 그는 자신의 생애를 축약해서 보여 준다. 그의 출생지는 전북 부안군 동진면이다. '우

물 안 개구리' 격인 그는 우리 동네 구암리가 최고라고 생각했다. 그는 초등학교를 마치고 익산시라는 좀 더 큰 우물로 옮겨져 중학교에 진학하게 되었고, 서울대학교 독문과를 지원해 합격했다. 대학 시절은 그가 외교관의 길을 걷게 해준 기초가 되었다. 서울에서 그의 대학 생활은 우물 속의 개구리가 밖으로 나왔지만 우물에 대한 미련을 버리지 못하고 주변에서 맴도는 격이었다. 대학 졸업과 동시에 육군 소위로 임관하여 2년을 복무했다. 그는 드디어 철새가 되어 날아갈 준비를 하고 있었다. 1968년 이후 그는 독일, 쿠웨이트, 뉴질랜드, 헝가리, 몽골, 아랍에미레이트(UAE) 등 6개국을 거치면서 20년 넘게 유랑했다. 우물 안 개구리가 우물을 뛰쳐나와 주변을 맴돌며 나는 연습을 하다가 마침내 그는 날개를 달고 대륙을 넘고 바다를 건너는 철새로 탈바꿈한 것이다. 수필의 차분한 서술이 독자의 눈길을 끈다.

▶ 수필 [자원 및 에너지 절약]에서 그는 이렇게 강조하고 있다. "우리는 자원이 빈곤한 나라에서 태어나 살고 있다. 우리 대한민국은 국가와 국민의 지속 가능한 발전과 번영을 위하여, 우리에게 주어진 자원과 에너지를 최대한 효율적으로 사용하고 절약하는 습관을 생활화해야 한다. 나 자신부터 반성한다. 교육은 학교와 가정이 협조적으로 분담해야 한다. 자원 에너지의 절약을 위해서는 근본적이고 장기적인 대책이 필요하다."

그는 다음과 같은 정책 건의를 정부에 제안하고 싶다고 했다. 첫째, 유치원부터 자원과 에너지 절약을 위한 교육을 내실 있게 시행한다. 둘째, 가정에서도 부모들이 식구들에게 절약을 습관화하도록 권하고 교육한다. 셋째, 모든 식당의 반찬 메뉴와 양을 간소화하여 음식쓰레기가 양산되지 않도록 국민적 캠페인을 벌인다. 넷째, 커피 등 음료수를 플라스틱 컵에 담아 길거리에서 들고 다니는 사람이 없도록 계도한다.

이러한 모든 조치를 갑자기 시행하면 부작용이 발생할 것이므로, 보다 신중히 연구 검토하여 점진적이고 지속적으로 추진하는 것이 중요하다고 그는 강조한다. 이로써, 독자의 시야를 한층 넓혀 주는 수필의 역할을 거뜬히 해내고 있다.

▶ 수필 [독일 통일]에서 그는 독일에 대해 다음과 같이 분석했다. '제2차 세계대전 종전으로 독일은 동서로 분할되었다. 국제법상 전승 4개국에 의해서 점령당한 상태였지만 독일의 통일은 의외로 급격하게 이루어졌다. 서독은 소련의 반대를 무릅쓰고 통일을 향해 착실히 갈 길을 가고 있었다. 라인강의 기적으로 알려진 고도성장을 이루어 국부를 축적했고 민주주의 발전도 모범생이었다. 비전을 가지고 통일정책을 펼쳤다. 독일은 1990년 10월 3일 공식적으로 통일을 완성했다. 비용이 얼마나 들었는지는 기준에 따라 다르다. 통일 후 30여 년간 동독 지역 재건을 위해 투자한 비용까지 포함한다면 천문학적 숫자다. 통일 독일은 서독의 굳건한 자유민주주의와 탄탄한 경제력 그리고 고르바초프의 신사고 정책이 아니었다면 그림의 떡이 되었을지도 모른다.'

바라보고 관찰하는 시야가 넓어, 독일이 한눈에 내려다볼 수 있어서 좋다. 한마디 한마디가 역사의 현장에 서서 외치는 듯 힘이 있다. 이 수필 역시 독자의 시야를 자아에서 세계로 넓혀 주고 있다.

▶ 수필 [공산권에 첫발 디디고서]에서 그는 자유민주주의를 점검하고 있다. 주독일대사관 참사관으로 일하던 그는 1988년 10월 말 주헝가리 대한민국 대표부 창설 요원으로 차출되어 부다페스트 행 비행기에 오르게 되었다. 옆자리에 앉은 독일 사업가가 "기밀에 관련된 이야기를 할 때는 절대 실내에서 하지 마시오."라며 귀띔해 주었다. 섬뜩했다. 부다페스트에서 근무하는 동안, '인간의 본능적 자유를 억압하는 정치체제는 오래 갈 수 없다'는 걸 깨달았다. 거기서 그는 자유민주주의 국가와 사회주의 국가의 차이를 피부로 느끼며 자유민주주의 국가의 소중함을 다시 한번 알아갔다. 이로써, 수필이 갖는 이국적 간접 체험을 촉촉이 충족시켜 주고 있다.

▶ 수필 [쿠웨이트와의 운명적인 인연]에서 그는 쿠웨이트에서의 에피소드를 소개하고 있다. 그는 1973년 9월에 해외로 첫 근무 발령을 받았다. 당시 재외 공관에 그가 갈 수 있는 빈자리 중에서 생활여건이 가장 안 좋은 자리가 쿠웨이트였다. 쿠웨이트에 대한 편견 때문에 머뭇거렸는데 막상 가보니 생각했던 것만큼 나쁘진 않았다. 그 당시 쿠웨이트는 중동의 파리라고 불릴 정도로 유행을 선도했다. 한번은 주말에 해변도로를 따라 드라이브하기 위해 나갔다. 연료를 가득 채우고서 계산하려고 지갑을 찾았는데 어디에도 없었다. 직원에게 지갑을 깜빡하고 집에 놓고 왔다고 했다. 직원은 일면식도 없는 그에게 주저하지 않고 다음에 갖다 달라고 했다. 직원의 말 한마디가 세상의 모든 행복을 낳고 있는 듯 따스했다. 우리나라의 경제 성장이 피부로 느껴지기 시작한 때가 바로 1970년

대였다. 중동에서 수주한 공사 계약금 선수금 등으로 받은 달러를 국내 은행에서 원화로 환전하게 되니 통화량이 팽창하고 소비자 물가가 상승하는 외환 인플레이션도 겪었다. 우리나라의 수출 총액이 100억 달러를 돌파한 것도 1977년이었다. 수출 100억 달러의 의미는 크다. 상품 수출 규모가 이 정도 되면 수출이 자생적으로 늘어갈 수 있는 기반이 될 수 있기 때문이다. 고향을 떠나 해외에서 흘렸던 그들의 피 땀 눈물은 아픔으로 쓰러졌던 하루를 다시 일으켜 세우며 우리의 이웃이, 우리의 친구가 다시 꿈꿀 수 있게 희망을 선물해 주었다. 그 희망으로 대한민국은 봄이 오고 꽃이 피기 시작했다. 처음으로 해외 근무를 나가서 4년 반 만에 서울로 돌아오니 모든 것이 너무 많이 달라져 있었다. 없었던 빌딩도 많이 생겼고 거리는 활기가 넘쳤다. 수필이 보유하고 있는 감정의 다채로운 파노라마를 여기서도 만날 수 있게 해준다.

▶ 수필 [아웅산 테러 사건과 지루한 천국]에서 그는 뉴질랜드에서의 추억을 떠올리고 있다. '지루한 천국'이라는 뉴질랜드에 그는 1980년 9월 첫발을 디뎠다. 그는 재임 기간 중에 우리나라 국민의 뉴질랜드 이민을 추진해 보려고 했다. 그런데 의외의 답변이 재미있었다.

"우리는 양이 7천 5백만 마리입니다." 어느덧 2년 반 정도의 세월이 흘러 본국으로 들어갈 때가 될 무렵, 10월 대통령 아시아 순방 일정에 버마(미얀마) 다음으로 뉴질랜드가 포함된다는 것이었다. D-day가 며칠 남지 않은 어느 날, 밤 10시경 대사로부터 전 직원 비상소집이라는 뜻밖의 지시가 떨어졌다. 대통령이 버마의 아웅산 국립묘지에서 참배를 할 때 북한이 테러를 일으켰다는 것이다. 대통령 순방 일정 중단에 관한 본부 훈령이 내려왔다. 전쟁이 터질까 하는 불안감도 있었다. 주재국 정부에 방문 취소의 불가피성을 설명하고 양해를 구했다. 행사 준비를 위해 자원봉사를 지원했던 친선협회 회원들에게도 수고에 대한 고마움을 표시했다. 아웅산 테러 사건이 있었지만 3년여 뉴질랜드 생활은 그의 인생에서 행복했던 시기였다. 개인적으로는 건강도 좋아졌고 무엇보다 아내의 우울증 증세가 치유된 것이 큰 소득이었다. 체험의 다채로움을 통해 수필의 효용성을 새삼 피부로 느끼게 해주어서, 감동적이다.

▶ 수필 [사막에 일군 첨단 전원도시 UAE]에서 그는 UAE에서 근무하던 때를 회상하고 있다. 사상누각이라는 말이 있지만 중동의 사막 국가들은 모래땅 한복판에다 오일달러를 부어 가며 현대적인 도시를 건설하고 있다. 그는 이 나라에서 1999년 9월부터 2002년 6월까지 3년 가까운 세월을 보냈다. 몽골에서 2년 반 근무를 마치고 직행한 것이다. 가장 추운 나라에서 제일 더운 나라로 가라고 한 정부의 발령이 원망스럽기까지 했다. 극과 극을 왔다 갔다 한 셈이었다. 1970년대 말 쿠웨이트에서 근무할 때 중동지역은 그것으로 끝났다고 생각한 적이 있었다. 물론 그 당시는 서기관 직책이었고 지금은 공관장이라는 것이 차이는 있다. 불만으로 시작했던 UAE 생활은 감사한 마음을 품고 기분 좋게 끝낼 수 있었다. 무슨 일이든지 마음의 자세에 따라서 행복과 불행의 열매를 다르게 맺을 수 있다. UAE는 어떻게 하면 행복한 열매의 길을 갈 수 있는지를 깨닫게 해주었다. 꽃이 지는 부정적인 절망에만 머물지 말고

긍정이라는 열매를 향해 다시 길을 나서야 한다는 깨달음을 손에 쥐게 되었다. 마음의 미묘한 변화, 방향, 깨달음이 얼마나 중요한 가를 가슴에 새기게 하는 수필이다.

▶ 수필 [가슴이 쿵쿵거리는 베를린]에서는 베를린 추억담이 담겨 있다. 베를린은 그에게 꿈의 도시였다. 냉전의 절정기인 1962년에는 쿠바사태가 일어나 자칫 3차대전이 일어날 뻔했다. 베를린을 중심으로 벌어지는 양대 초강대국의 대결은 그의 호기심에 불을 붙이기에 충분했다. 역사의 도시, 전쟁의 도시, 문화 예술의 도시 베를린을 가보고 싶은 충동이 마음속에서 꿈틀거렸다. 1973년 마침내 베를린을 여행할 수 있는 기회가 그에게 찾아왔다. 독일 정부 초청으로 이루어진 아세아 초급 외교관 연수 과정에 참가하게된 것이다. 이 프로그램은 선진국 독일이 개발도상국에 공여하는 공적 개발원조(ODA)의 일환으로 제공되는 9개월 코스의 외교관 훈련 과정이었다. 연수 여행으로 스위스의 국제기구 도시 제네바도 2주 코스로 다녀왔다. 국제회의가 열리는 곳도 견학했다. 각국의 대표들이 각자 국익을 위하여 열변을 토하는 모습이 인상적이었다. 자국민의 눈물과 사랑을 몸으로 읽어내는 외교관들의 눈빛이 아름다웠다. 수필의 다각적인 시야와 해석을 만나보게 해주는 작품이라 여겨진다.

▶ 수필 [내 인생의 발랄한 청춘]에서는 그의 군복무 시절 얘기를 다루고 있다. 1965년 2월 대학을 졸업하고 육군 소위로 임관한 그는 3개월간 보병학교에서 보수교육을 받은 후 육군 수도사단(맹호부대)에 소대장 요원으로 배치되었다. 부임 후 1개월가량 지났을

때 수도사단이 곧 월남전에 파병된다는 것이었다. 그는 마음이 착잡했다. 시간이 흘러 본격적인 파병 준비가 시작되었다. 부대가 가는데 자기만 빠지는 것이 대오에서 낙오되는 것 같은 고립감이 들어 월남에 가겠다고 자원했다. 하지만, 경험 있는 장교들이 소대장 요원으로 몰려들어 그는 못 가게 되었다. 그 후 그는 전방 서부전선의 GOP 경계부대로 전속되어 남은 군복무를 무사히 마쳤다. 군복무 2년 동안 우여곡절도 많았지만 그 덕분에 배운 것도 많았다. 뭐든지 긍정적으로, 적극적으로 사고하는 버릇을 이때부터 갖게 되었다. 자신의 내부에 해소되지 못한 감정이 있다 할지라도, 이렇게 수필을 통해 해결할 수 있다니, 수필이 더 한층 좋아 보인다.

▶ 수필 [함부르크의 손끝은 꽃처럼 아름답다]에서는 첫 해외 공관장 시절을 담아 놓았다. 그는 1993년에 주함부르크 총영사로 첫 해외 공관장 생활을 시작했다. 한 조직의 책임자로서 어깨에 짊어진 짐이 더 무거워졌다. 새벽길을 매만지는 아버지처럼 책임감 하나로 묵묵히 그 일을 수행해 나갔다. 가다가 길이 보이지 않으면 머리도 심장도 아닌 온몸으로 길을 만들어 난관을 뚫고 나가야 했다. 함부르크 시가 주최한 만찬에 영사관 대표들이 부부 동반으로 초대받았다. 턱시도(예복)를 입었다. 만찬장에 들어선 순간 그는 500여 년의 시간을 거슬러 어느 성에 들어선 듯 설레였다. 함부르크 시가 마련한 만찬 행사 때 턱시도를 입는 것은 그만큼 전통을 중시함을 뜻한다. 함부르크 생활은 그에게 독일과 독일인들을 더 잘 알게 해주는 기회가 되었다. 독일 생활은 그의 인생에 정직과 절약 등 여러 면에서 긍정적인 영향을 주었다. 수필 속의 여러 체

험과 느낌은 자신의 삶을 더욱 윤택하게 해주고 있음을 목격하게 된다.

▶ 수필 [안전 의식 문화의 씨앗을 뿌리자]에서 그는 국민의 안전 의식을 위해 단기와 장기로 나누어 안전 의식의 생활화를 통하여 문화로 정착시켜야 한다고 강조하고 있다. 장기적 대책으로서는 안전교육을 강화해야 한다는 것이다. 안전 의식의 생활화는 어쩌면 우리나라가 선진국으로 가는 마지막 관문인지도 모른다고 말한다. 수필이 보여 주는 방향성, 그리고 그 깃발을 만날 수 있어 행복하다.

▶ 수필 [지구를 구하자]에서 그는 생태계의 불안정함과 개발의 억지가 서로 아슬아슬하게 맞물린 지구의 아픔이 느껴져서 안타까워한다. 지구의 종말을 연예계 가십거리 다루듯 언론에서 종종 봐야 하는 현실이 참담하다고 말한다. 이런 상황에서 경쟁적으로 가공할 만한 대량 살상 무기를 만들어서 영토를 확장하고 패권을 잡는 것이 무슨 의미가 있겠는가. 그는 지구의 생명 보전을 위한 대책이 우선으로 고려되어야 한다는 것을 강조하고 있다. 우리가 사는 집인 지구의 보존을 위하여 그는 다음 몇 가지 대책을 제안한다. 첫째, 자연보호 운동의 전개이다. 둘째, 자원 절약이다. 셋째, 교육이 중요하다. 넷째, 습관화 및 생활화되도록 해야 한다. 이처럼, 수필 속에서 간혹 만나는 대책, 방향, 해결책이 우리의 잠자는 눈을 뜨게 해준다.

▶ 수필 [밑돌]에서 그는 아이들의 잠재력을 깨워주고 성장할 수 있도록 기꺼이 밑돌이 되어 준, 아이들이 올바르게 자랄 수 있

도록 가지치기를 해주는 누름돌 같은 선생님을 떠올리고 있다. 뒤돌아보면 밑돌과 누름돌 같은 선생님이 있었기에 오늘의 그가 있었다고 여긴다. 교육계는 꿈도 꾸지 않았던 그에게 34년의 외무공무원 생활을 은퇴하고 나오니 뜻밖에도 훈장 자리가 몇 군데서 기다리고 있었다. 그는 충남의 K대학에 객원교수로 가게 되었다. 그가 담당할 과목은 국제 통상학이었다. 학기말 고사를 본 후 시험답안지를 채점하는데 한 여학생이 답안지 맨 아래에 이런 글귀를 써 놓았다.

'선생님 말씀대로 오기로 열심히 공부하겠습니다.'

그는 자신이 헛소리를 한 것은 아니구나 하는 생각이 들었다. 말 한마디라도 흘려 버리지 않고 기억해 주니 고마웠다. 그후 몽골의 울란바타르 대학에서 무보수로 강의를 했다. 저개발국 한국경제가 짧은 기간에 어떻게 선진국 그룹인 OECD에 가입하게 되었는지 이해시키는 것에 중점을 두었다. 아울러 세계 10대 자원 부국인 몽골의 경제개발은 가축이 많은 점을 감안해 뉴질랜드 사례를 들어 농축산업을 육성하는 방향으로 가는 것이 바람직하다고 강조했다. 학생들의 반응도 좋았다. 그는 그렇게 묵묵히 밑돌의 역할을 했다. 이처럼 수필에서 다루는 인생의 밑돌과 누름돌과 징검다리를 만나, 마음을 다잡고 새롭게 인생 설계를 할 수 있다면, 더할 나위 없이 행복할 것이다.

▶ 수필 [고향집]에서 그는 고향집을 그려놓고 있다. 어렸을 때 그는 자기가 사는 동네가 최고로 살기 좋은 곳이라고 생각했다. 이름도 명당리였다. 고향집은 그에게 꿈을 심어 키워 줬고 낭만을 가

르쳐 주었다. 대나무밭과 사창산은 그를 조금이나마 사색과 명상의 길로 안내해 줬다. 수필에서 빼놓을 없는 고향과 고향집과 향수는 언제나 우리를 포근하게 해준다.

▶ 수필 [행복이라는 책의 주집필자]에서 그는 배우자 얘기를 다루고 있다. 그는 가장 중요한 만남은 배우자와의 만남이라고 말한다. 한평생을 사는 동안 가장 오랫동안 희로애락의 관계를 이어가기 때문이다. 1970년대 초에 주변 환경에 쫓기다시피 해서 중매로 결혼을 하게 된 그는 해외 근무 발령을 받았다. 한 달 남짓한 부임 준비 기간이 있었다. 짧은 시간 내에 양가 간에 형식적 절차를 마친 후 부임 출국 일주일 전에 결혼식을 올렸다. 독일에서의 결혼 생활이 시작되었다. 그는 아침에 나가면 저녁 늦게 들어올 때가 잦았고, 주말에는 동료들과 골프장으로 나간 날도 많았다. 말도 통하지 않는 나라에서 아내는 혼자서 어디 갈 곳도, 하소연할 곳도 없어 마음 고생이 심했다. 같이 살면서 부부는 삶의 목차를 함께 정하고 서로의 오탈자를 잡아 주며 달콤한 부분에 마음을 모아 밑줄을 긋는다. 드디어 행복이라는 한 권의 책이 완성되면서 서로가 서로의 거울처럼 닮아져 간다. 그렇게 부부는 행복이라는 한 권의 책을 함께 쓰기 시작한다. 그는 아내의 좋은 성품과 인격의 영향을 받아 큰 문제 없이 살았다. 그의 아내는 1년 반 동안 투병하면서 가족에게 부담을 덜 주려고 무척 애를 썼던 모습이 눈에 선하다. 얼굴에서 죽음을 두려워하는 표정을 읽을 수가 없었다. 아침에 잘 잤느냐고 인사하면 항상 긍정의 대답을 했다. 그럴 때마다 그는 아내의 눈을 쳐다봤다. 혹시 잠 못 자고 울고서 거짓말하는 것은 아

닌지 살펴봤다. 아내의 눈에서 운 흔적을 한 번도 본 적이 없었다. 아내와 함께 써 내려갔다고 생각한 행복이라는 책의 주집필자가 아내였음을 그때서야 그는 깨달았다. 아내는 삶의 마지막 날까지 행복이라는 책의 제본이 잘못되지는 않을까 늘 염려하며 살피다 저세상으로 갔다. 이렇듯, 수필을 통해서라도 인생사에서 못다 한 말을 펼치고, 그 아쉬움과 안타까움과 미안함의 짐을 내려놓을 수 있다면, 얼마나 다행인가.

▶ 수필 [운동선수라는 꿈]에서 그는 체육에 소질이 있었던 자신을 되돌아보고 있다. 초등학교 운동회 때 달리기는 보통 8명이 한 조로 했는데 그는 해마다 1~3등 사이는 꼭 했다. 그가 초등학교 때 가장 부러워했던 것이 달리기 대표선수였다. 또한 축구를 제일 좋아했다. 시골에서 제대로 된 공을 구하기 어려웠을 때 새끼줄로 지푸라기 공을 만들어서 차고 놀았다. 결코 쓰러지는 법이 없는 공, 힘들어도 다시 탄력 받아 튀어 오르는 공, 하늘로 오르려고 최선을 다하여 사는 공, 그도 그런 공처럼 되고 싶었다. 고등학교 1학년 때는 배구선수가 한번 되어볼까 하고 예비 선수로 끼어서 연습도 해봤다. 이런 저런 운동을 좋아하다가 고등학교 2학년이 되었다. 장래 진로에 대해서 심각하게 생각해 봐야 할 때가 되었다는 것을 느꼈다. 아무래도 그는 체격 조건도 선수가 되기에는 적합하지 않은 것 같았다. 또 선수가 될 수 있다 하더라도 학교 대표선수만 되면 수업 시간에는 나타나지도 않고 연습벌레가 되는 것이 싫었다. 운동은 취미로 하고 공부 쪽으로 가야겠다고 결단을 내렸다. 그는 스포츠를 대체로 다 좋아하고 축구는 공직 생활 중에도 은퇴

할 시기까지 친선 경기에서 뛸 정도로 즐겼다. 은퇴 후 지금은 취미와 건강 관리를 위한 수단으로 걷기와 가벼운 근력 운동 그리고 스트레칭 등을 생활 속에서 실천하면서 아쉬움을 달래고 있다. 비록 나이는 들었지만 마음은 여전히 바닥으로 떨어져도 다시 튀는 공이며 바람의 심장을 정면으로 통과하는 스케이트 선수처럼 그는 살고 싶어한다. 수필 속에 담겨진 인생의 여백, 아직 못다 이룬 세계를 은은히 만나볼 수 있게 해주니, 독자는 그저 행복할 뿐이다.

▶ 수필 [아이들의 웃음소리로 들썩이는 농촌]에서 그는 농촌에 대한 자기 견해를 피력하고 있다. 그가 어렸을 때의 농촌은 따스한 인정미가 흐르는 그야말로 화목 공동체였다. 동네에 슬픈 일이 생기면 함께 슬퍼했고 기쁜 일이 있을 때는 같이 기뻐했다. 산업화는 이런 농촌의 아름다운 풍경을 밀어내고 그 자리에 이해타산의 냉정한 셈법을 깔아놓았다. '이제는 농촌에 가도 예전처럼 훈훈한 인정은 만날 수가 없다. 웬만한 농사일은 기계가 한다. 우리나라는 인구의 자연 감소가 다른 선진국에 비해 가파르게 진행되고 있다. 이번 코로나19 전염병 사태를 계기로 우리나라의 미래 경제문제의 해결 방안을 농촌에서 찾아보면 어떨까. 이런 농촌을 기반으로 농업을 현대화해서 미래의 식량문제에 대비하고 비대면 사업을 확장해 나간다면 좋을 듯하다. 농촌 지역이 도시보다는 육아 환경도 좋을 것이다. 그렇다면 출산장려 정책을 보다 효율적으로 시행할 수 있을 것이다.' 이처럼 수필을 통해, 이 시대와 이 나라와 이 사회에 하고픈 말을 할 수 있으니, 그나마 다행인 듯하다.

▶ 수필 [산책]에서 그는 산책하면서 스쳐가는 생각들을 담아내

고 있다. 그의 집에서 가까운 거리에 반포천 산책길이 있다. 산책하면서 마음이 편안하고 다리 근력 운동을 하니 건강에 도움이 되는 것은 물론 자연으로부터 보고 배우는 것도 많다. 생각의 뒤편까지 환해지는 깨달음이 문득문득 다가올 때가 있다. 어렸을 때 물고기의 역류성을 이용하여 방죽 아래 도랑에서 송사리, 붕어 새끼를 많이 잡았던 추억이 자꾸 아른거린다. 산책 중 만나는 친구들로는 견공들을 빼놓을 수 없다. 그도 한동안 시츄를 길러본 일이 있는데 정말이지 강아지는 귀엽다. 공중도덕을 지키는 자세, 자연을 훼손하지 않으려고 마음 쓰는 태도가 좋은 사람들이 주위에 많아 감사하다. 이렇듯, 수필 속에서 만나는 아름다운 에피소드와 감성은 우리를 봄동산처럼 풍요롭게 한다.

▶ 수필 [기억력]에서 그는 자신의 약점에 대해 언급해 놓았다. 그는 스스로가 방향 감각이 둔한 것 같다고 여긴다. 길이 됐든 어느 건물 내부가 됐든 방향이 바뀌면 헤매는 경향이 있다. 인생의 길눈 같은 그의 아내는 자동차 네이비게이션이 없을 때도 길을 잘 찾았다. 그러다 보니 그는 길 찾는 것은 아내 의존형이 되어서 길눈이 더 약해지는 것 같다고 여긴다. 함께 드라이브를 하게 되면 의례히 지도 보고 길 찾는 것은 아내에게 맡기고 그는 운전대만 잘 돌리면 되었다. 그는 길치는 못 면했는데 남의 이름 기억하는 두뇌는 조금 있는 것 같다고 말한다. 한 번은 길고 까다로운 이름을 가진 브라질 사람을 두 번째 만났을 때 이름을 불러 주니 그렇게 좋아할 수가 없었다. 자기 이름을 한 번 만나서 기억하는 사람은 당신밖에 없다는 것이었다. 그런데 요즘은 기억력이 그한테 장

난치려고 든다. 늘 기억하고 있던 이름이 갑자기 숨어 버리고 찾을 수가 없다. 뇌세포는 쓸수록 노화 속도를 늦출 수가 있다고 한다. 열심히 사용해서 젊은 뇌를 오래도록 지켜보고 싶다고, 이름이라는 사랑의 언어를 기억해 주고 불러 줘서 관계라는 꽃을 아름답게 피우고 싶다고 말한다. 이처럼, 수필 속에 털어놓은 진솔한 고백은 우리를 보다 인간답게 또 보다 겸허하게, 보다 성숙하게 해준다.

▶ 수필 [밥상머리 대화]에서 그는 밥상머리 대화를 다루고 있다. 학교나 다른 데서 들을 수 없는 산지식을 그는 밥상머리 대화를 통해서 배우기도 했다. 그의 아버지는 항상 어려움을 당할 때는 마음의 자세가 중요함을 강조했다. 어렵다고 피하려고 하지 말고, 이까짓 것 남들 다 하는데 내가 못 할 게 뭐 있느냐고 생각하고 도전하라는 말씀이었다. 요즘은 시대가 너무 많이 변했다. 옛날 같은 전통 밥상머리 대화가 있지도 않을 것이고 필요하지도 않을 것 같다. 다만 아버지의 헛기침 소리와 어머니의 다정한 눈길이 그립다고 말한다. 이렇듯, 수필 속에는 그리운 것들이 생생하게 살아 꿈틀거리고 있다.

▶ 수필 [귀한 언어의 최면제를 입술에 바르자]에서 그는 귀한 언어의 최면제에 대해 말하고 있다. 누군가 특별히 고마운 일을 안 했어도 '고맙습니다' 한마디 해주는 것은 상대의 기분을 예쁜 꽃으로 만들어 주는 특효약이다. 스마트폰으로 문자를 주고받을 때나 전화를 할 때 끝마무리하면서 '감사합니다' 한마디 붙이는 것은 삭막한 세상을 훈훈하게 해주는 봄바람과 같다. 마법과 같은 글자 '감사합니다'는 다소곳이 두 손을 모으며 인사하는 친절함의 각도

45도와 같다. 상대방을 치켜세워 주는 45도에 환한 표정이 지어진다. 45도의 친절한 각도의 말 '미안합니다, 고맙습니다'의 귀한 언어의 최면제를 입술에 바르고 사랑의 묘약을 적절하게 사용하여 어두운 밤길을 환하게 밝힐 수 있는 사회가 속히 오기를 그는 소망한다. 이러한 수필 속의 소망들이 하나하나 모아져, 우리의 밝은 미래를 일으켜 세워 주리라 믿는다.

▶ 수필 [애국심]에서는 그의 가슴속에 간직한 애국심을 꺼내든다. 이국땅에서 펄럭이는 태극기를 볼 때마다 그의 가슴이 뭉클하고 조국에 대한 고마움과 사랑하는 마음이 더 커지는 것 같았다. 태극 문양에 감전된 듯한 떨림의 시작은 그의 행동거지를 바르게 하도록 동기부여해 줬다. 지치고 거친 마음을 다독거려 주어 다시 일어설 수 있도록 힘을 주었다. 어떤 상황에서도 마음의 중심을 잡을 수 있도록 도움을 주었다. 애국심이란 자기가 태어나고 성장한 고향을 그리워하듯 그가 태어난 나라이기 때문에 사랑하는 마음이 자연적으로 생기는 것이라고 말한다. 그 애국심은 공직 생활을 통해서 체화되었는지도 모르지만 어쩌면 국가라는 유기체의 한 부분으로 그가 태어났는지도 모른다고 생각한다. 여기서 가슴에 안기는 애국심은 수필에서 빠지지 않는 단골 손님이다. 그 손님을 감동 깊게 대접하는 수필을 대할 수 있어 행복하다.

▶ 수필 [절약의 미학]에서 그는 절약은 미덕이라고 말한다. 여유가 있다고 낭비하고 돌아다니면 사람이 정신적으로 타락하기 쉽다. 그 타락은 자신만으로 끝나지 않고 사회에 해악을 끼치게 된다. 금전적 절약뿐만 아니라 큰 것으로부터 작은 것까지 모든 물자

의 절약, 심지어 수돗물까지 빈틈없이 절약하는 습관이 몸에 배는 것이 좋다. 이제는 생활 속에서 낭비를 줄이고 절약의 습관을 붙여서 쓰레기를 최소한으로 줄였으면 좋겠다. 이 땅의 어머니들은 가족들과 함께 밥 한술 뜨기 위해 평생 절약을 했다고 강조한다. 이렇듯, 수필이 우리 곁에 남아 은근히 좋은 습관을 가르치고 습득하게 도와주고 있다.

▶ 수필 [김치 맛의 여운]에서 그는 어느 해 가뭄에 대해 회상하고 있다. 1952년, 그해 여름 가뭄은 유난히 독하고도 길었다. 배추, 무 등 김장거리 씨앗을 뿌려서 싹이 올라왔지만 성장이 더디었다. 어머니와 가족들은 팔을 걷어붙이고 가뭄에 대해 결사 항전을 다졌다. 설거지한 물을 버리지 않고 밭으로 가져갔다. 힘내라고 응원하는 물의 박수를 쳐주듯 옆으로 쫙 퍼지게 물을 끼얹어 주었다. 그 결과 동네 40여 호 가운데 그의 집과 이장 댁 단 두 집만 김장을 할 수가 있었다. 그 귀한 김치를 먹을 수 있었던 것은 순전히 그의 어머니의 부지런함 덕분이었다. 어머니의 부지런함처럼 우리 세대가 물의 박수를 쳐주듯 서로를 응원하며 마음을 모은다면 다음 세대에게도 살기 좋은 대한민국을 물려줄 수 있다고 그는 믿는다. 수필이 갖고 있는 회상의 텃밭, 그 속으로 들어가면 늘 뜨거운 눈시울이 우릴 마중해 준다.

▶ 수필 [외교관이라는 이름]에서 그는 외교관 시절을 회고하고 있다. 그는 1960년대 말 외무부에 들어가기 전에는 외교관을 한 번 해볼 만한 직업이라고 생각했다. 화려한 것 좋아하고 호기 넘친 청년의 꿈을 이룰 수 있는 공직이라고 느꼈다. 30여 년의 외교직

공무원 생활을 하면서 그는 약자의 편에 서려고 노력했다. 빠르고 힘 있는 것들이 자리잡는 시대에서 뒤처진 약자들이 구석으로 내몰리는 현실이 안타까웠던 것이다. 소외된 약자들이 결코 고립된 섬으로 남지 않도록 마음을 보탰다. 그저 평범하게 마쳤지만 보람 있는 일도 있었다. 인프라가 열악한 지역에서 외교활동의 꽃이라 할 수 있는 정상 방문 행사도 치러봤다. 외지에서 외롭게 살고 있는 교민들의 애로사항을 해결해 줄 수 있었던 기쁨도 맛보았다. 미국의 비자를 받기 어려울 때 편지 한 장으로 비자 취득을 도와주고서 외교관 타이틀의 소중함을 느껴보기도 했다. 수필이 안겨 주는 이국적 체험, 새로운 세계가 소중함을 다시 한 번 느끼게 해주는 수필이다.

▶ 수필 [독립문]에서 그는 독립문의 의미를 새기고 있다. 대한민국의 사적 32호인 독립문은 1897년 독립협회가 한국의 영구독립을 선언하기 위하여 국민의 모금으로 세운 상징적 건축물이다. 이 독립문이 1970년대의 개발 바람에 떠밀려서 원래 위치에서 북서쪽으로 70m 옮겨졌다. 그는 구석으로 떠밀려 나간 독립문을 볼 때마다 마음 한구석에 깔린 아쉬움이 되살아남을 느끼곤 했다. 새것에 밀려 구석으로 밀려난 옛것이 노쇠한 부모님의 뒷모습 같아 마음이 아렸다. 성공의 역사가 됐든 실패의 역사가 됐든, 화려하든 초라하든 역사는 사실 그대로 받아들이고 보존해야 한다. 자식이 잘되라며 기도했던 어머니의 이른 새벽 정한수처럼 독립문은 우리 조상들의 눈물겨운 정성이었다. 독립문처럼 옛것에 담긴 그 정성을, 그 간절함을 우리는 잊어서는 안 된다고 그는 강조한다. 이렇

듯, 수필은 우리 역사 깊은 곳까지 파고들어가, 감동과 애국심을 캐내고 있다.

▶ 수필 [세월 타고 놀기]에서 그는 새 마음가짐을 하게 된 동기를 말하고 있다. '피천득 산책길'에서 기념비에 새겨진 피천득 선생의 글귀를 그는 만난다. "위대한 사람은 시간을 창조해 나가고, 범상한 사람은 시간에 실려 간다, 그러나 한가한 사람이란 시간과 마주 서 있어 본 사람이다." 그 글귀는 그의 가슴을 예리하게 파고들어 새로운 도전을 시도하게 했다. 서예를 시작으로 해서 시조와 수필을 배우기 시작했다. 내친김에 아코디언도 배웠다. 그러면서 그는 지금 세상의 욕심 다 내려놓고 세월 타고 유유히 흘러가는 삶을 살아가고 있다. 인생에서 뭔가 전환점을 가져다주는 사건이 수필 속에 담겨 있다는 것은 보물찾기와 같이 가슴 설레게 한다.

▶ 수필 [신뢰의 힘]에서 그는 개인이건 집단이건 간에 인간관계를 가장 튼실하게 묶어주는 고리는 신뢰라고 말한다. '냉전 시대'라고 불리는 20세기 후반부터 독일 통일 직전까지, 독일은 여유를 가지고 동독은 물론 소련 등 공산 진영과의 신뢰 구축을 추진할 수 있었다. 1960년대 후반부터 통일 시까지 20년을 넘도록 일관된 길을 걸어서 통일이라는 목표 지점에 도달할 수 있었다. 작금의 미국과 중국의 대결 구도 속에서 한국이 미·중 사이에서 중재 역할을 해야 한다고 말한다. 대한민국이 양 초강대국 사이를 중재하여 세계평화에 기여할 수 있다면 덩달아 한반도 문제의 실마리가 풀릴 수 있지 않을까. 그는 오늘도 그 황홀한 꿈을 꾼다. 이렇듯 수필이 인생을 되돌아보게 하고 다시 한 번 삶을 재점검하게 하고

있어서, 새삼 수필 앞에서 경건해진다.

▶ 수필 [맹수의 이빨과 봄날의 꽃씨]에서 그는 코로나 정국에 대해 한마디하고 있다. 사람들이 조금만 방심하면 코로나19는 아가리를 벌려 맹수의 이빨을 드러냈다. 코로나19가 온 지도 3개월이 세 번은 지나갔다. 그동안 자신도 모르는 사이에 생활 습관이 바뀐 것이 있는 것 같다. 우선 외출할 때 마스크 착용하는 것은 습관화되었다. 손 씻는 습관도 달라졌다. 탐욕의 손, 겉치레의 손, 과시욕의 손까지 이번 기회에 모두 씻어내기를 소망한다. 코로나는 보통 사람들이 망각하고 있던 삶의 의미가 무엇인가에 대하여 어느 정도나마 다시 한 번 생각하게 해주었다. 하루하루의 삶을 허투루 살지 말고 가치 있게 보람있게 살기 위해 노력해야 할 것이다. 하루속히 코로나의 기세가 꺾이고 백신과 치료제가 개발되어 안심하고 정상적인 일상생활이 복원되기를 소망한다. 봄날의 꽃씨처럼 복원된 일상은 코로나 전과는 다른 보다 겸허하고 남을 배려하면서 화목하게 살 수 있는 공동체가 되기를 그는 간절히 바란다. 이렇듯, 수필에서 강조하고 싶은 것, 소망하는 것 등이 나와 여생의 길 안내를 해주고 있어 나태해진 자기 자신을 추스를 수 있어 좋다.

▶ 수필 [초원의 말 발굽 소리]에서 그는 몽골에서의 추억을 떠올리고 있다. 몽골이라고 발음하면 달그락 달그락 말발굽 소리가 나는 듯하다. 바람을 동경하며 떠도는 유목민의 유전자가 느껴져 친근하다. 그가 몽골에 한국 대사로 간 것은 1997년 4월이었다. 건강과 여가를 즐기기 위해 말타기를 배우기로 했다. 그의 몸속에서 떠돌았던 유목민의 유전자를 기억해내고 싶었다. 멀리서 들려오

는 말발굽 소리에 귀를 댄 채 잠이 든다는 유목민의 피를 찾고 싶었다. 어느덧 부상 없이 달리기까지 배워서 여가를 즐길 수 있었다. 그도 바람을 동경하는 유목민이 되어 갔다. 일요일은 주로 한인교회에서 보냈다. 그렇게 지내다 보니 신앙의 싹이 트기 시작해 교회에서 세례를 받게 되었다. 그가 몽골에서 다시 태어난 것이다. 그렇게 몽골은 그에게 신앙의 모태가 되었다. 1999년 이른 봄, 김대중 대통령의 러시아 방문 일정에 몽골이 포함된다는 소식이 있었다. 공관장의 위치에서 처음으로 행사를 준비했다. 드디어 번쩍번쩍 빛나는 747 전용기가 위용을 드러내면서 활주로에 접근해 왔다. 가슴 조이는 순간이었다. 그는 이 순간을 평생 잊지 못할 순간으로 입력했다. 역사상 우리나라 대통령의 최초 몽골 방문이라는 한몽 외교사의 빛나는 한 페이지가 기록된 것이다. 몽골은 그렇게 그에게 낭만을 갖게 해주고 봄의 첫 장 같은 신앙을 선물해 주었으며 우리나라 대통령의 역사적인 방문이 처음으로 있었던 나라다. 말발굽 소리, 유목민의 유전자 등의 묘사와 낯설게 하기가 매우 돋보이는 수필이어서 눈길을 끈다.

지금까지 황길신 수필가의 여러 수필들을 차분히 끝까지 읽고 난 뒤 우선 느낀 점은 다음과 같다.

첫째, 그의 애국심은 남다르다.

둘째, 그는 거시적인 안목을 갖고 있다. 일상의 이야기 뿐만 아니라 늘 나라를 걱정하는 마음으로 세상을 바라본다.

셋째, 그에게는 세상을 바라보는 따뜻한 시선이 있다. 항상 약자 편에서 그 사람의 이야기를 귀기울여 들어 준다.

넷째, 그는 말과 행동을 일치시키려고 노력하는 지성인이다.

다섯째, 10년 전의 약속도 지키려고 한 만큼, 그는 자신의 말을 책임지려고 한다.

여섯째, 그는 힘든 일이 닥쳐도 긍정의 힘으로 해결하려고 한다.

일곱째, 그는 도전을 두려워하지 않는다.

한 마디로 그는 사려 깊은 지성인, 소박한 도덕주의자, 성실한 사회인이자 고요한 사색가이다. 이러한 인생관과 세계관을 가진 그가 자신의 삶, 그 길을 되돌아보면서 알찬 자서전적 수필을 꾸려가고 있다. 즉, 자기 삶 속에서 함께 나눈 경험, 목격한 에피소드, 스쳐간 감정에 대한 작가의 심적 과정의 기록, 작가 자신의 표출, 진솔한 인간 체험에의 언어적 의미화를 펼쳐놓고 있다. C. 카운터 쿨웰은 '수필은 작가 자신의 솔직한 표출이요 자기 고백이다'라고 했다.

따라서, 수필에서의 작가는 작품 속에 함축되어 있다 할 것이다. 나아가 자신의 삶을 경건히 되돌아보면서 각성하는 '자기 고백의 문학'이다. 이게 수필의 특질이자 참된 가치이다. 황길신 님의 수필들이 감동을 주는 것은 바로 이 '보이지 않는 힘', 즉 '자기 고백성 회고'이기 때문일 것이다. 그는 단순히 사건 전개의 서술로만 아니라 섬세한 묘사로도 삶의 길에서 만난 에피소드와 감성들을 구석구석 감동 깊게 그려놓고 있다. 그 안에서 만난 사색의 공간도 우리의 갈증을 해소시켜 준다. 수필은 사색의 공간에서 만난 깨달음의 샘물이라는 점에서 그의 수필은 그 샘물을 먹게 해주어 독자들을 행복하게 해준다. 그는 가치 있는 체험을 정제된 언어로, 즉 절제와 차분함으로 독자에게 전달하고 있다. 서술을 통해 자신이 직접 만난 체험의 세계를 담아 놓을 뿐만 아니라, 그 안에서 살아 있는 대화와 느낌 표출을 통해 감성과 정보를 전달받고, 감칠맛 나는 묘사를 통해 사색의 공간을 조성해 놓는다. 그런 다음, 거기 놓인 탁자 위 찻잔에 깨달음 방울을 살짝 타서 맛보게 해주고 있다.

이렇듯, 그의 수필은 수필의 특질들을 두루 구비하고 있다고 여겨진다. 인생에서 참(眞)을 찾는 그의 수필들이 우리 독자 곁에 은은한 감동으로 오래도록 살아남아, 우리 독자들의 감성을 아름답게 가꿔 나가는 오솔길이자 샘물이되리라 믿는다. 정서와 상상 속에서 진실한 진통과 고뇌로부터 피어난 꽃인 수필을 지속적으로 써 나가는 작가로서, 또 시와 시조를 써서 찰나의 예술을 감동의 이미지 시집에 담아 어느 날 우리에게 깜짝 선물해 주는 시인으로서 빛나는 여생을 살아가리라 믿는다.

앞으로도 좋은 수필들을 꾸준히 창작하여, 수필의 감동, 경이로움, 아름다움, 향긋함, 해학, 풍자, 다채로움, 흥겨움, 깨달음, 사색의 공간이 가져다주는 흐뭇함 등을 수시로 독자들의 품에 안겨 주었으면 좋겠다. 오래 오래 건강하고 행복하길 마음 모아 기도한다.

- 세찬 폭풍우와 천둥이 지나가고 활짝 갠 가을 하늘 아래서-

초원의 말발굽 소리

페스탈로치 선생을 만나다

-정성수鄭城守-

숲길에서 만난 페스탈로치 선생은
걱정스런 얼굴을 하고 있었다
내 손을 오래 잡으며
한 참을 쳐다보더니 눈으로 말했다
할 일이 많이 남아 있는 사람은
손이 따뜻하다네
잊지 말게
세상에는 유리조각에 발을 다친 아이들이
아직도 많다는 것을
숲을 걸어 나오자 길이 끝나는 곳에
사람 사는 마을이 보였다
가까이 다가가 보니
목이 탄다며
어린 나무들이 칭얼대고 있었다
돌아보니 선생과 손을 잡았던
자리가 환했다
어디선가 아이들이 떠드는 소리가 들렸다
깜짝 놀라 눈을 떠 보니
5교시를 알리는 벨소리가
교무실 문을 열고 교실을 향하고 있었다

황길신 전 주몽골대사가 35년간의 공직생활을 마친 뒤 선교사로 몽골을 다시 찾았다. 울란바토르대학에서 '한국경제론'을 강의하고 있는 황 전 대사.

울란바토르대학 제공

수필집

초원의 말발굽 소리

· 지은이 / 황길신
· 발행처 / 도서출판 고글
· 발행인 / 연규석
· 초판 인쇄 / 2020년 10월 01일
· 초판 발행 / 2020년 10월 14일
· 등록일 / 1990년 11월 7일 (제302-000049호)
· 주소 / 서울시 용산구 한강로 2가 144-2
        전화) 010-8641-3828 / 02)794-4490
· E-mail / jung4710@hanmail.net

값 12,000원

· 잘못 된 책은 바꾸어 드립니다
· ISBN 979-11-85213-21-7